人生十人十色 6

「人生十人十色 6」発刊委員会・編

文芸社

目次

牧師館から――夕餉のしたく

田井　真聡

一日のなかで、一番家庭のあたたかさを感じるのは、夕方だろう。私は小さいころ、鍵っ子だったから、お母さんがいる（別にお父さんだっていいんだけれど）台所の窓の明かりと、換気扇からの風に揺蕩《たゆた》う晩ごはんの匂いのある風景を憧憬した。その風景の中に自分が居れたらな、って。だから私は、自分がお父さんになったら、晩ごはんを作ろう、その明かりの中でごはんを家族と一緒に食べよう、と思っていた。だから家では、私がめし炊き係なのだ。

片付けもろくにしないし、細かい掃除とか、子どもの学校行事、育児全般、一端《いっぱし》の大人としての対人関係、確定申告や市井に伴う責務等、一切すべては、家内に任せっきりの、ろくでもない夫であるが、それでもめしは作る。それが、結婚してからこのかた二十年、私が続けてきた家事である。そして、やっぱり私は、ご飯を作るのが好きなのである。そんなライフスタイルを実現させてくれたのが、牧師という働きであり、牧師館という場所だった。

Jl. Bona Indah〈美しき良き通り〉に四十年来建つ家。私たち家族が、十一年間もの間、生活してきた場所、そして、そのずっと前から歴代の牧師家族や信徒たちを包んできた場所だった。門前には茉莉花《ジャスミン》の低木が茂っていて、小さくて白い、香りのいい花を咲かせる。近くには、カブトムシが好むセンゴンの木や、扇のように広がったタビビトノキや、背の高いヤシの木が並ぶ。そうした木々たちが南国の火照った夕方の空を背に映えている。そのもう少し奥に目をやると、昼間威張り散らしていた入道雲のちぎれ残党が、申し訳なさそうにして頬を赤らめている。今夜も晴れるかなっていう夕方。

たとえばそんな夕方には、私はあえて和食を作る。鯖の味噌煮なんてどうだろうか。ジャカルタでだって鯖くらいは手に入る。なんてったって大衆魚である。水と酒は一対一。砂糖に醤油、そして味噌。臭み消しと照り付けに味醂を少々。刻み生姜で香りを立たせる。これで白飯を食わないヤクザもんは家にはいない。汁物は豚汁。豚はバラ。脂がいい。出汁は昆布。荒海の中でも、死ぬまでは決して旨味を逃がさない根性がいい。具は、芋、牛蒡、大根、玉葱、人参、蓮根。根菜たちの忍耐と謙虚さと心意気に栄養がないわけがない。油揚げは油抜きしてから入れる。仕上げは、葱と七味。こってりとしたものばかりなのもなんだから、きゅうりとわかめの酢の物を足す。何につけてもバランスは大事なのだ。

こんな風にして、日一日と、私は晩ごはんを作ってきた。もちろんこんなことは、当たり前で、平凡な営みだから、だれが目に留めるわけでもなく、そんな大仰に感謝されることでもない。まあ確かに、たいしたことはしていない、たぶん、それはほんとだ。でも、その日の天気だとか、みんなの機嫌だとか、だれが元気で、だれが調子悪いのかとか、自分なりに色々と考えながら、私が作ってきた晩めしが、それを食べてきた愛する人たちの健康を支え、体を作ってきたのだ。

みことばのしたくも、夕餉のしたくとおんなじことだ。それが、牧師になってからこのかた十一年、私が続けてきた仕事である。そして、やっぱり私は、みことばを語るのが好きなのである。それを実現させてくれたのが、牧師という働きであり、牧師館という場所であり、ジャカルタ日本語キリスト教会に集うみなさんだった。茜色の空。一番星。静かな風を扇ぐタビビトノキ。明日も晴れるかなっていうジャカルタの夕方。

泣き虫の子供時代

福山　由美

私の生まれた家は六人家族であった。

両親が共働きであったため、ほとんど祖父母と一緒にいた。優しいけれど超が付くほどの変わり者の祖父と、口やかましくお節介で自分流の思考が独特な祖母である。祖父は家から少し離れた所に小さな畑を所有していた。そこに自分流の小屋を建てて小屋には祖父の宝物であろう畑作業に使う道具類や錆びたクッキー缶にギッシリ詰められた釘やネジ、どこからか持ってきたわけのわからない日用品のような小物類が意外にも几帳面に詰め込まれていて子供心に、それらは必要な物なのかといつも眉をひそめてグルリと見渡した。海岸に近かったその小屋は祖父の自作であるため隙間風が入り、中はヒンヤリとしていて、ほこりっぽくて海の匂いがした。畑にはキンカンの木やビワの木、イヌマキという小指の先ほどの赤い小さな実で同じ大きさの緑の種のついた落花生のような形をした実がなる珍しい木があった。イヌマキというその赤い実は、とても甘くて美味しかったが祖父があまりにたくさん食べるといけないと言って、二つしか食べさせてもらえなかったし、その後は、どんなにうるさく言っても食べさせてもらえなかった。今思うと食べられる実ではなかったのかもしれない。祖父の小さな畑は、家から自転車で十分ほど離れた場所にあり、暇な子供は無駄について行きたいもので祖父が納屋から自転車を出してくる音がすると慌てて靴を履いた。そこへ行く時は祖父の自転車の荷台に乗って行くのだが、道中のガタガタ道は口を閉じていないと舌を噛みそうだった。冬には自転車の荷台の鉄が冷たいからと言って祖父は応接間から座布団を取って来て座布団を丁寧に折りたたむと荷台に紐で、しっかりと固定しそこに私を座らせた。すると窓から口うるさい祖母が分厚く【おしろい】を塗った顔をのぞかせ寒いからわざわざ汚い場所へ行くなと大きな声で言った。しかしながら寒いけれど、わざわざ畑へついて行く理由は、と言えば家の中で大人しく絵を描いていてもテレビを見ていても本を読んでいてもおやつを食べていても祖母が近くへやって来て、近所の徒然物語を子供の私に延々と聞かせるのが嫌だったからである。しかも話す声は、とても大きかった。それよりも祖父の秘密基地へ潜入する方が私にとっては、魅力的であった。それに祖母のご近所徒然物語は、あそこの家の柿が沢山実ったのだとか、どこそこのお婆さんが入院しただとか誰と誰が言い合いになっただとか大きな声でそれぞれ最低三回は同じ話を繰り返すのである。時にはテレビの音を大きくしてみたり、祖父の部屋に逃げ込んだりしたが子守りをしているつもりの祖母はピタリと私に付いてやって来る。そして私の世話をしているため、妙なタイミングでリンゴを剥いて持って来るしサツマイモを蒸《ふか》したから、ゆで卵をしたから、と特に欲していない物を食べるよう勧めてくる。それに一度完食してしまうとまったく同じ組み合わせの物が妙なタイミングで毎日運ばれてきた。今思えば、オシャレが大好きで家事とは無縁だった不器用な祖母の精一杯の愛情であったと心の奥がじわりと温かくなる。

祖母は高級化粧品の販売をしていた。そのため、顔面はいつもある意味美しかった。顔は真っ白でまゆ毛もしっかり濃く頬はピンク色で目の上は紫色、唇は常に鮮やかな赤色だった。芋畑が壮大に広がる田舎のド真ん中で、ひと際目立つ華やかな祖母は注目の的であった。華やかな顔面で宣伝するのだから高級化粧品もよく売れたであろう。チラシを配らずとも営業せずとも最も効率的で効果的な宣伝方法である。祖母がオシャレであるがゆえに祖父もまた、きちんとしていた。畑以外の場所へ出かける時には、必ず白いカッターシャツに着替えスラックスを履きキッチリとベルトを巻く。髭をそり頭にポマードを付けた。

ポマードの匂いは独特であったが祖父の香りがするので私は、その匂いがとても好きだった。近くの【なんでも屋】に煙草を買いに行くだけでも祖父は、きちんとしていた。祖父は煙草とコーヒーが好きだった。一日のうちに何度もコーヒーを飲む。祖父のコーヒーカップは口が広く寸胴な形をしていて美しい赤い色の北欧柄のような模様がカップにぐるりとついていて持ち手は白くて丸く、かわいらしい形をしていた。私は、そのカップの見張り番のように祖父がコーヒーを飲み終えた後に必ずカップの中を覗いていた。なぜならカップの底にほんの少し残るコーヒーの小さな水たまりを見るのが好きだったからだ。毎回カップを覗いて水たまりが小さくない時は祖父にまだコーヒーが残っていると口うるさく言った。そう言うと祖父は、そうかぁと笑って、口先をとがらせて少し残ったコーヒーをすするようにして飲み干した。熱いコーヒーを祖父が早くに飲み終わるとカップの内側からは、ほわっと、まだ温かい空気を感じた。祖父がコーヒーばかり飲むので本当の色は内側が白いカップだが、コーヒーの色で、すっかり茶色く変色していた。ずっと飲むので洗うタイミングが難しかったのだろう。そして私は、そのカップをじっと見つめ毎回のように汚いなあと、思うのである。それでもその時間は、退屈な子供にとっては、とても興味深いものであった。

祖父はいつも黒縁の大きな眼鏡をかけて新聞を長い時間、読んでいた。そして気になった事をチラシの裏にメモして灰皿の下に敷いて保管していた。長々書いた物もあればマジックで漢字一文字だけ書かれていた物もあり、私は度々それらを灰皿の下からこっそりと出してきては、まじまじと眺めていた。新聞を読む時の祖父の右側の耳の上にはいつも火をつけて少し吸った後に消したかのような新しくない煙草が一本、常にひっかかっていた。私は毎回、右側の耳の上を確認し、なぜそうするのかといつも同じ質問をした。すると祖父は毎回、まだ吸いかけだから耳にこうして置いているのだと答えた。長いサイズの時もあれば、しわしわになって短い時もあった。煙草が短い時には今にも耳から落ちてしまいそうで、とても祖父の耳が気になり、祖父が動くたびに祖父の右側に回り込み耳の上を確認した。そうやっていつも祖父にまとわりついていた。祖母や母に叱られて泣いている時には必ず祖父がおんぶをしてくれた。スラリと細い祖父の背中は硬くてまっ平らでゴツゴツとしていた。泣き虫だった私は祖父の背中でよく泣いた。ワーッと泣いて祖父の背中にしがみつくと祖父のよく着ていた茶色い上着の背中部分には一つ前に泣いた時の涙のシミが付いていた。そのシミを指でなぞっているとワーワー泣いたことが恥ずかしくなってきて我に返るのだが、泣き止むと背中から下ろされることを分かっていたからまだ泣いているのだと自己申告していた。

私は常に祖父にまとわりついていたが要領が良く愛らしい顔の妹は家の隣にあった母の美容院に度々遊びに行っていた。妹はお客さんに評判であったため度々愛嬌を振りまきに行き合間で母に、ふわふわパーマをかけてもらい、外国の子供のような頭をしていたが、私はパーマ頭になるより祖父の秘密基地に行く方が好きだった。もちろん祖母の愛情も理解していたが反抗期には、おもいきり気持ちをぶつけてしまったことも大喧嘩したこともあった。祖母は、いつも口癖のようにこんな子、近所のどこを探したっていないと言った。愛らしい妹と比べ私は全然可愛くないとよく言われていたが相変わらず私のために、リンゴを剥くし、サツマイモを蒸すし、ゆで卵を作った。私も特別それらが好きだというわけではなかったが素直に食べていた。そんなこんなで祖父母と過ごした子供時代は、とても奥が深く想像力を掻き立てられるエピソードの連続で退屈な子供だった私にとっては、とってもおきの大切な時間であった。今はもう会えないけれど祖父のポマードの香りと涙の跡のついた背中、祖母の剥いてくれた皮が少し残った歪《いびつ》なリンゴは決して、忘れることはない素敵な思い出である。

硫黄が好きすぎて

大塚　遥香

私の温泉遍歴は長い。小学生低学年のころから温泉、とりわけ硫黄の香りが好きで、好きで仕方がなかった。これは、そんな歪んだ硫黄愛の、割と短い物語である。

小学5年生のとき、クラス替えがあった。当時は友達同士で自己紹介カードを作って交換することが流行っていた。友達がアイドルやアニメのキャラクターについて書き込んでいたのに対し、私は、本当は「温泉に浮いている白い湯の花が好き」「温泉の臭いが好き」とか書きたかった。

けれど当然ながら、そうはしなかった。そんなことを書いてなんになるのだ。友達が求めているのは「自分達は同じくらいのジャンルなものを好きな同志であること」を確認することだ。誰がお湯のなかでぷかぷか浮かぶ、ともすれば「いやだ、これ、誰かの垢？」

なんて勘違いされがちなものを好きなことに共感してくれるというのだろう。

そんな私の地元は山間部にある。とても田舎、だけれど有名な温泉地。夕方、お風呂代わりに近くの温泉に入りに行くことは珍しいことではなかった。そんな時には喜んでついて行った。自販機のアイスやお土産物売り場に直行する弟たちとは違い、私は迷わずお風呂場に向かった。一番好きなのは露天だった。雪の降る中、濡れた髪が凍るのも構わずに、ずっと湯に浸かり、金魚すくいがごとく湯の花をすくい、匂いを嗅いだ。それでも足りなかった。もっと、もっと臭くていいのに！

私が求めていたのは、硫黄のぷんぷんする、とびきり臭いやつだった。理科の時間に「硫黄（化学式S）」を習ったとき、先生が、

「これはよく温泉に溶け込んでいる成分ですね。みなさんも嗅いだことがあるでしょう。あの、卵が腐ったような匂いのやつです」

と説明し、その後すいへいりーべ、と唱え出した。クラスの皆はすいへいりーべに夢中だったけれど、私は陶然としていた。へえ！　あの臭いやつには名前があったんだ！

それ以来密かに硫黄に恋焦がれてきた。しかし、私が知りうる知識といえば、理科の教科書の「硫黄」のページと、写真の載った資料集のみ。スーパーには当然硫黄の取り扱い

などない。当時はインターネットなどなかったので調べようもない。中学生、高校生になっても生活圏内は変わらず、町にドラッグストアもなかったので、その手の香りのする入浴剤すら手に入れることはできない。

ああ、硫黄、硫黄。どこにいるんだ。

硫黄が危険物だということを知ったのは30歳のときだった。硫黄泉の聖地、草津温泉に行ったとき、温泉旅館の方にご親切にも教えていただいたのだ。うちでもここの温泉みたいなお風呂に入れたら嬉しいです、と言うと、そういう方、結構いらっしゃいますよ、と仲居さんが答えてくれた。硫黄自体は危険物なんですけどね、その成分を調整したり薄めたりして、ご家庭のお風呂でも使えるようにした入浴剤もありますから、ゆっくり見ていってくださいい、と。

なんと。硫黄は危険な物だったのか。調べてみるとたしかにそうだった。危険物には1類から6類まで種類があり、硫黄は2類に分類されるらしい。

そして気づいた。硫黄を自分で取り扱えるようになれば、好きなときに、あのくちゃい硫黄泉を楽しめるのでは？　そうだそうだ！　資格、とればいいんだ！

その日から、私の勉強の日々は始まった。動画や書籍などで見るに、取得を目指す危険物取扱責任者の乙種という試験は、そこまで高い難易度ではないらしい。1回の試験で複数受験が可能なものの、先に代表的な第4類をとってしまえば、あとに受ける他の試験では一部科目を免除してもらえるようだ。

そのため、4類を手始めに、本命の2類を取得すべく勉強を始めた。

テキストのなかで聞き馴染みがあるのはガソリンとか重油とか、そういうものである。それ以外は普段の仕事や生活においてまず馴染みがない。完全な文系人間なので、学生時代に苦手だった化学や物理が少しでも出てくると「うっ」と構えてしまう。通勤中や休憩中にはテキストを開き、「氷酢酸とアクリル酸、指定数量2000」とか「赤リン2類、キリン3類。キリンは水中に保管」とかぶつぶつつぶやく。文字だけではなんのこっちゃかよくわからんので、その都度スマートフォンで画像を開き、「へえ、こんな形状と色なのか」と知識と実物を関連づけていく。

やはり、一番興味深かったのは硫黄だった。わたしが「硫黄」だと思っている、あのクサイやつは温泉の仲居さんが教えてくれたとおり化合物らしい。単体ではあの臭さはないようだ。

取り扱いにも決まりがあり、例えば粉末を空気中に飛散させると粉塵爆発のおそれがあるので、2重以上のクラフト紙や麻の袋に入れて貯蔵する。また、当然といえば当然だが、これを吸入すると意識障害を起こすおそれがある。

知っておいてよかった。実は勉強すればするほど興味がでてきてしまって、通販サイトで「硫黄99％粉末」をポチとやってしまいそうだったから。

試験は特段緊張することもなく無事に終わり、ようやく私は危険物乙類の取扱い資格を得た。せっかくだったので、1類から6類すべて取得した。

晴れて硫黄を取り扱える資格を備えた後は、合格祝いでまたもや硫黄臭の聖地、箱根の大涌谷へ。おお、これが、黒たまご……！　感動する私の隣で、夫がなんだ、普通のゆで卵じゃんと言いながらもしゃもしゃしている。ばかめ、この卵のありがたみを知らんとは。卵むしゃ男をジト目で睨んだ私は、そのまま湯気が立ち上る火山跡を感慨深く眺める。思い切り深呼吸すると、肺の中にクサい香りが広がった。なんて、かぐわしい。どんな香水よりも、私はこの香りが好きだ。正直いささか中毒の気がせんでもない。

いまはといえば、毎日、硫黄（化合物のほう）の香りを自宅で楽しんでいる。硫黄入浴剤はバスタブの種類によっては使用できないこともあるようだが、幸いにも、我が家では使用できた。

せっかく資格を取得したのだからと、色々購入してまぜまぜしたりしてみたのだが、市販の入浴剤のほうが良いという結論にいたった。大分県のとあるメーカーが出している入浴剤が、これでもかというほど腐った卵の匂い（最高）がプンプンしており、硫黄泉好きにはたまらない。この商品がなくなったら大変困るので、月に1本購入し、熱烈な購入希望者がいることをアピールしている。

ある冬、実家に帰省した。こっそり持参した入浴剤をお風呂に投入した。お風呂に入った家族が、わあ、温泉みたいと驚いてくれることを想像していたところ、風呂場に向かった母が絶叫した。「お風呂が壊れとる!!」駆け付けた家族も口々に言った。「臭すぎる！水道管の故障か?」いや、それは故障じゃない、硫黄の香りだ。

要するに、実家のお風呂では硫黄の入浴剤はNGだったらしい。業者にメンテナンスしてもらうまで自宅での入浴はかなわず、現在まで私の愛すべき入浴剤は実家に出禁となっている。

硫黄。臭くて愛おしい物質。私の人生にはこれが欠かせない。

転がる生き方

空楽多　幸千

先日、断捨離をしていた時、小学生の時に描いた漫画や、中学校で配布された冊子に私が当時に書いた小説が載っていた。子供の頃から創作する事が好きだったようだ。

17歳の時には、平日は学校が終わると、飲食店でバイトをし、日曜日に大阪の俳優養成所に通っていた。高校卒業後は〝東京に行って役者になる〟そんな思いがあったが、卒業の数ヶ月前、担任の先生にさとされたり、あてもなかったり、一番はきちんとしたプランがなかった為、東京行きは断念して、卒業後は、設計事務所で働いた。学校に遊びに行った時、恩師から「知り合いの劇団の芝居でえへんか？」と言われ、小劇場の舞台に立つ機会を得た。仲間と一緒に芝居を作り上げていく喜びを知り、それ以来、小劇場の舞台に立つ傍ら、設計事務所で仕事をする毎日を送った。幸い、物を書くことが好きだったので、図面を書くのも好きだった。一枚の図面が仕上がるのは、作品を完成させるような喜びがあった。でも芝居をすることが生きるメイン。劇団の座長が「自分らの芝居を観て、見た人が明日また頑張ろう。元気になれる。そう思える芝居を作る」そんなことをよく言っていた。私の芝居のスタンスもそうなっていった。仕事は二の次、だから2年くらいで仕事を辞めることもなんてことはない私だった。24歳で結婚し、子作りを先延ばしに、主人に許しを請う。舞台の方では27歳の時、一緒にやってきた芝居仲間で劇団を立ち上げ、役者だけでなく、脚本を書いたり、プロデュース、演出、舞台美術等もするようになった。海外旅行にもよく行った。日本から離れて、異文化に触れることは、芝居の次に私の喜びだった。主人と30歳で離婚。芝居を続けた私も悪かったと思う。バブル崩壊の影響を受け、小さな設計会社は仕事が回って来ず、その時働いていた設計事務所を辞めることになった。「転職なんてすぐに見つかる、今までもそうだったしこれからも」と思っていたが、30歳を過ぎると転職も段々難しくなった現実に直面。芝居は続けたいけど、ちょうどその頃、団員は女性ばかりで、みんな結婚や出産等で辞めていき、実質解散のような状態。生きる為の資金源は確保しないと。そう思い、食べることに困らないようにという安易なことを思いつき、調理師学校に行くことにした。夜はスナックでバイトして資金を作った。調理師学校に、海外からの就職先の募集が来ていた。東京に行こうとして実現しなかった思いがよぎった。後悔したくない、今行かないと一生行けない。調理師免許をとり、海外で働く決心をし日本を離れた。

ドイツで、寿司と鉄板焼きのお店で働いた。忙しい時間帯はひたすらに料理し続け、その時に、仕込みと段取りの大切さを学んだ。下っぱは、まかないを作る役目もあった。食材の在庫をチェックしたり発注をしたり、今考えると、どんなドイツ語を喋って、電話で発注をしていたのか？　全く思い出せないけど、当時は解らないなりにも、電話で発注をしていたのだから不思議なものだ。ドイツ語を勉強して行った訳でもないので苦労はあったけど、コミュニケーションは言葉だけではないことを生活の中で身につけた。そう〝介護〟とは全く接点がなかった私だったが２００４年その転機が訪れた。ドイツ生活中だった私に弟からメールが。父がおかしい。銀行のガードマンにお金を盗られたと言って、父は何度も銀行へ行き、最終的に交番に訴えに行って、当時既に離婚していた母に付き添われ、銀行のＡＴＭで引き出ししている父自身の姿と、ガードマンの無実を証明する映像を見て、謝ったそうだ。銀行を出た時には「警察とグルになっとるわ」なんて言っていたそうだから、その時には既に、父の記憶の崩壊が始まっていたように思える。その時は私もまだ30代で、親も60代前半。親の介護のことなど考えたこともなかったし、痴呆症とか、知らない領域のことで戸惑うしかなかった。昔から父のことは嫌いだった。いわゆる中二病が成人しても尚続いていたように思う。何故嫌いだったのか？　父親らしくなかったから。ドラマで見るような頼れる父親像を感じることが出来なかった。大きな困難から盾になって守ってくれるとは到底思えなかったから。ビートルズのレコードをよくかけていた。

家族旅行に連れて行ってくれたこともない癖に、自分一人であちこち、海外にもプラッと行ってしまう父。休みの日はカブに乗って馬券を買いに行ったり、ステテコ姿でTVの前でゴロゴロし、ビールを飲んでいた姿が嫌いだった。子供に関心が無いのか？　進路のこと、将来のこと、何の相談も聞こうともしなかったし、ただ稼いでご飯を食べさせてくれて、高校まで出してくれただけ。感謝しないといけないことだと分かってはいたけど。仕事だけは真面目だったのに、阪神淡路大震災で仕事を失い、その後はプラプラ、勝手気ままに生きていた父。絵を描くのだけは身内ながら上手な方だと思っていた。そんな父は、母にも離婚を告げられ、59歳で一人暮らしをすることに。私がドイツ生活、もうすぐ3年という時に、弟からの例のメールを貰ったのだった。２００4年帰国して1ヶ月経ってから、ヘルパー2級の講座を受けることに。ちょうどその年に、痴呆症は認知症という言葉に替わった。何故ヘルパーの資格を取ろうと思ったかというと、やっぱり父のことを知らないといけないように思ったので。講座を受け終わった頃、父を病院に連れて行き、検査の結果、アルツハイマー型認知症だと言われた。その後は、在宅で訪問介護の援助を受けながら、何とか一人暮らしを続けていた父。同じ商品を沢山買う、ヘルパーの訪問時間に留守、お金を落とした、同じ話を何度も繰り返す、電話線を切る、鍋を電子レンジにかけて焦がす……認知症特有の症状が徐々に増えていった。私の方は、介護福祉士になって、認知症のこともある程度知識を得ていた為、父の症状は病気として理解出来るようにはなっていた。だけど、身内であるが故、1つ1つが腹立たしい思いにもかられた。診断から9年目、冬の寒い時期に薄着で2日行方不明になった時には、生きて会えないかもと思った。「コンビニとかで万引きでもしてくれたら見つかるのに」と警官に言われたが、そういうことは出来ない父だった。最寄り駅から5駅も離れた駅の交番で保護されて連絡が。迎えに行って話を聞いても、この寒い時期に何処で寝たのかとか、何も覚えてなかった。帰りは終電で帰ったが、切符の買い方すらもうわからない程になっていたので、歩いて移動したのだろう。ケアマネジャーの勧めで、グループホームに入所することを決意。施設に連れて行って、帰る時には、自分も帰ろうとしていた姿を振り切って退室した。あの時は罪悪感を覚えた。私は、工業高校のデザイン科を卒業。バイクに乗ったり、海外旅行をしたり、結婚、離婚。考えたら似ていた。絵の好きだった父、カブに乗っていた父、海外旅行が好きだった父。結婚、離婚……認めざるを得ない。自分勝手に生きて、挙句に認知症になって、家族のことも、言葉も、何も解らなくなって、6年後、痰吸引が必要になって療養型の病院に移った。半月もしないうちに食事介助が点滴に変わり、ガリガリに痩せていた父の手を見て、握った。初めてそんなことをした。そして「ありがとう」と言った3日後に父は亡くなった。人生プランに挫折した十代後半の私が、図面のプランを書き、芝居のプランを書き、そして今、ケアプランを書いている。規格通り図面を書くことで安全な物を作り出し、観客に元気になってもらう為に芝居を書き、私は私の利用者様に対し、安全を守りながら元気になってもらう為のケアプランを書くプランナーである今日この頃。介護の仕事に携わることによって、父のことを知る。父と同じように認知症である利用者様に接することで、父を思い出している。父の命日にビートルズの曲を流す。海に散骨したので、自由に世界を旅してるかな？　と思いながらケアマネをやっている。

2人

浅井　海惺

誰かの泣きじゃくる声。目を開けてみると私は泣いていた。いや、私に似た何かが泣いていた。同じ声で同じ格好で、でも自分ではない。それは常に私の近くにいるし言動も全て同じだった。自分とは同じなのに、何か違うワタシ。それがわかったのは3歳の春であった。

私とワタシは入園した当初からずっと言われた言葉がある。「そっくりだね！」と。あたりまえだ。違う点などない。同じ遊具で遊ぶし好き嫌いも同じだから。全てが同じなんだから。

私とワタシはすくすく成長し幼稚園の年長さんになった。年長さんになってからはドミノで遊べるようになったし、マフラー編みだってできる。年長さんになったから年中さんや年少さんのお世話をすることを任せられるようになった。書道とピアノも習い始めた。

鉛筆でひらがなを書く練習をしたしピアノで音階を読めるようにピアノの先生と何回も練習した。でも私とワタシはやることなんて変わらない。同じなんだ。友達とサッカーで遊ぶワタシ。部屋の中でマフラー編みをする私。右手で音階をいいながらピアノを弾く練習をするワタシ。音階が描かれた紙を横目に、ワタシを見ている私。同じだ。同じじゃないか。同じだったらな……。同じじゃなきゃ。何もかも同じじゃないとダメなんだ。だから私は、マフラー編みをやめてサッカーをした。すごく楽しい。楽しいはずだ。楽しくないといけないんだ。友達だってたくさんできた。みんな自分にパスをくれたり、自分のチームの子が点数を取った。やった！　私のチームが勝ったんだ！　楽しかった。嬉しかった。でもそれは違う楽しさだった。周りをみるとワタシのチームは負けてしまっていた。その時私はやった！　ワタシのチームは負けたんだ！　楽しかった。嬉しかった。あれ？　同じなのにな。なんでこんなこと思うんだろう。その気持ちに6歳の年長の私は気付くことなんてなかった。

小学校に入学した春。変わらず同じ服装で小学校へと向かった。黒のランドセルに黒のこどもに着せるスーツのような服装で。田舎にあった小学校は生徒人数は100人もいないしみんなが顔見知りみたいな学校だった。それでも私とワタシは注目を浴びた。通り過ぎ行く児童に「そっくりだね！」と。あたりまえだ。いや、違う。あたりまえなのか。わからない。1学年に1組しかない小学校だったので、私とワタシは同じクラスだった。担任の先生もよく私とワタシを間違えていた。先生はクイズ形式で私とワタシがどちらが私なのかを当てようとしていた。髪の分け方が違うとか好きな色が違うとか。様々なところを先生は見ていた。私は嬉しかった。先生はどちらが私なのかをわかっている。わかろうと努力してくれていることに。でもそれと同時に、やめて。比べないでよ。同じなんだから。という不満が私の心にうっすらとあった。さらに、1年からサッカークラブにも通い始めた。入りたくて入ったわけじゃない。ただワタシがやりたいといったから。でもいざやっていると楽しかった。サッカーのコーチは個々として一人一人の好きな練習方法を知っていた。だから、私が好きな練習をよくやってくれていた。もちろん他の練習もあるけど、好きな練習には積極的に参加した。コーチはそれをよく褒めてくれた。「お前はこの練習が好きだな」と私に言ってくれた。こう言ってくれることが私は嬉しかった。

いつも同じだった私とワタシ。でも強くこれを拒んだのは、3年生の私だった。ワタシと同じである全てを嫌い始めた。同じ服は絶対に同じ日に着なかったし、お気に入りの服や音楽、髪型に至るまで小学生なりに変えた。これは私だ。ワタシとは違う。とみんなに示したかった。この思いはますます強くなっていき、行き過ぎた嫉妬心はいつしか憎悪に似たものになっていた。何もかもが同じはずなのに、お前だけはどんどん成長していく。私サッカークラブで選抜メンバーに選ばれて、習字もいつの間にか賞状をもらうほどに。私も頑張っているのに、親や先生から私はすごいねって褒められたかった。私もすごいねではなくて。なんで。なんで。同じなのに。羨ましい。お前なんて。お前なんていなくなればいいのに。嫌でしょうがなかった。お前だけが成長していくことが。お前だけが褒められることが。でも追いつこうとせず、ただ妬むことしかできなかった自分がもっと嫌だった。私はワタシを拒絶した。家でも近くにいたくない。いればまたこんなことを思ってしまう。また惨めな思いを勝手にしたくない。自分を主張しなきゃ、ワタシとは違う何かを！　私はただ自分のことで頭がいっぱいだった。いや、ワタシを考えることでいっぱいだったのだろう。ワタシは何を考える。ワタシならなんて言うのか常に考えてしまっていた。すると私の中に一つの疑問がポッンと浮かんだ。

私とはなんだ。ワタシとは違うと言いたかったのではないのか。ワタシがいなくなればいいと思っていたが、違う。自分がいなくなればばいいのか。そうすれば、こんな思いを抱かなくて良いのだから。それなら楽だろうな。ワタシとは違うと距離を置き他の人に主張してきたはずなのに、私はワタシになろうとしていたことに気づけたのは小学校を卒業する間際のことだった。私とワタシは小学生の間は同じ部屋だった。宿題をしながら、中学校の話もしつつ私はワタシに聞いた。

「お前は双子が嫌じゃないのか。俺は嫌でしょうがないよ」と。

しかし、ワタシはそっけなく言った。

「だから？」

ああ、そうだよな。お前は気にしないよな。お前は、ただ褒められていい気分だよな。お前なんかに聞くんじゃなかったと後悔した。しかし、あることに気付いた。ワタシはそんなこと気にも留めていなかった。ただ私だけが一方的に拒絶して傷ついていただけだった。私がワタシになれることはない。ワタシは私と同じじゃない。ワタシ、いやもうワタシではない。「りく」のたった少しの言葉だが、私の心の奥底にそれは強く突き刺さった。なぜもっと早く気づくことができなかったのだろう。自分だけがずっと、ずっとこんなこと思ってただけだなんて。私はりくに申し訳ないという気持ちもいっぱいだったし、自分が今までやってきたことがどれだけ哀れなことかと痛感した。

私はその時に心に決めたことがある。決して自分を見失ってはいけないと。生まれた時から一緒にいて、いつもりくばかりを意識していた私は自分という存在をはっきりとは見ていなかった。だから、相手のことしか目がいかず自分のいいところに目がいかなかった。中学生になってからは、りくと比べることをしないよう意識した。学力でも運動でもりくにはあまり勝てなかったけど、他のもので頑張ろうと決められた。委員長や生徒会にも参加したし、２人で一緒に始めたピアノは、いつしかりくはやめて私は学校の合唱祭で伴奏者をするほどに成長していた。とても嬉しかった。今まであったわだかまりもうっすらと消えていくのを感じながら、私は中学校を卒業をした。私とりくは高校は違う高校に行き、私は1年間留学を経験した。留学先では辛いこともあったが、自分を成長させようと奮起することができた。来年はもう受験生である。それぞれの希望校合格を目標に勉強している。他者とは比べず、自分のために何かを頑張ることの大切さをりくから教わったような気がした。そう思わせてくれたのは桜がさく高校2年生の春のことであった。

母の涙は私への贈り物

児島　庸晃

電話で母からの呼び出しがあったのは桜の花の散りかけたころであった。居間の畳に座って微笑みながら私を迎えた。もう十年も会ってはいなかった。

「何時死ぬかもしれんから見せたいものがあるんよ」

母の手の中には、私がいじめられていた頃のボロボロに引き裂かれた学生服があった。

「ボロボロの姿になってもお前は泣いて帰ってきたりはしなかったよな!」

私は母を見ていた。そして母の瞳の中で浮いては光る数粒の涙のあることを知る。九十歳なっても苦しい心の蓄積の記憶を忘れてはいなかった。記憶は母にとって九十年生きてきた重荷の積み重ねであったのだろう。母さん泣かないでよ。母は泣き続けていたのか。

私は必死に母の言葉を受け止めようとした。その場に座り込み顔を両手で覆う。涙を見せてはならない。涙を出すまいとも思った。

あれは中学二年の時だった。私は死ぬつもりで電車の枕木の上に立っていたのだ。何時とはなく電車が私を押し倒してくれるのを待っていた。

「馬鹿たれ！　何すんね」

数分後、私の背後から声があった。

「彼の世へゆくつもりやったんか」

電車の運転手は早口で喋った。

「馬鹿たれ！」

咄嗟に大きな手が私の頭に飛んできた。

「甘えるな！　命は一つや。お前は親のことを考えたんか。お前の命はお前だけのものではないんや」

死ねたらよい、と思っていた私。数重なる学校での毎日のいじめに耐え忍ぶだけの心がなかった私。何をするにしても前向きの勇気をもつゆとりはなかった。

電車は、その場で一〇分ほど停車し、何事もなかったかのごとく発車した。ゆっくりと歩きだした私は、いじめた生徒たちの顔が浮かぶ。その一人一人の仕草が思い出されても怒る気持ちにはなれていなかった。家に帰ってきた私を見て母は、……その学生服はどうしたの、と言った。しばらく沈黙が続き母は黙った。それっきり母との会話はなかった。

一週間が過ぎ二週間が来ても、母と話をすることはなかった。死のうとしたことを母は知っているのかもしれない。そう思いつつも私の方から話をすることはなかった。ふと、見ると母は学生服の破れた部分に小さな布を当て針で縫っていた。私はその場に蹲《うずくま》った。その破れはいじめられたときのもの。すこし縫っては手を休める。また次へと縫い進める。その仕草は母の温かい思いが込められている手付きにも思える。だが、一言も母は言葉に出さなかった。言葉に出さない意味を知るにつれ、母の手の動きが、とても寂しいものに思える。私は母へ向かって何の言葉も出せなかった。いじめはその後も続いていた。だんだんひどくなり、またその度合いも増し陰湿にもなる。止めようもなくなっていった。

「今日は服の釦《ボタン》が二つ落ちていたのよね」

そっと押入れの中に隠していたものだが母は見つけ出していた。服を手に持つと箱の中からゆっくりと釦を取り出し服に縫い付けてゆく。キラキラと光る釦は私を拒否するように目に届く。その間も母は黙って、ただひたすらに手を動かし服に釦を縫い付けていた。釦が母の手から滑り落ち畳に転がる。咄嗟に私は手を出したが、畳に手が届こうとしたときだった。そこには母の手があった。釦は素早く母の手の中にある。

「釦は二つだったね。もっと取れてなくなっているかと思った」

その母の手は巧みに動いて、ときどき独り言を言う。だが、その両手は一瞬の動きを止めた。指先は動くことも、動かすことも出来ないほどの痛みをともなっていた。針による突き傷が沢山小さい穴となって母の指にはある。それはいじめられたその都度の数だけ母の指に残っていた。人差し指の内側をそっと下にしては見えないように心配りをする母。必死に心を働かせ動揺を見せまいとする母の指。黙々と縫い針を動かす母の心。

「母さん」

私は話しかけて口を閉じた。縫いかけては止める母。親指の動きまで止めた母。私に知られないようにと、その心をも見せて頑張る気持ちは指にまで届いていたのだ。いじめられた証としての学生服の破れの数は無数にある。その都度縫い針を手に持ち針を動かす。縫っても縫っても縫い尽くせないほど多くあり母の手を困らせる。

「お前のことで先生に呼ばれたよ」

ゆっくりと母は口を開いた。私は……何を話したの？　とは聞かなかった。母も……どうしたの？　とは言わなかった。「勇気を出してね、元気を出してね」。母は私の頭を撫でながら何回か同じことを繰り返して言った。

母は家の前で待っていた。私を見るとゆっくり近寄り笑った。……良かった、と一言。そして私は……何が、と答えた。母と子の会話はたったのこれだけだった。

「何事にも負けないでね」。

実に単純明解な言葉だった。私は、きまって……はい、母さん、と笑った。

いま私は母の瞳を見ている。瞬き一つしない心の落ち着きを見る。必死で生きてきた人生の全てを託す瞳にひきつけられていた私。

「母さん」

いつしか泣き崩れていた私。

「お前の人生はこの学生服にあったんよ」

九十歳の母はボロボロにくたびれ果て、それも引き裂かれた学生服を私に諭すように示した。母の両手の上には学生服がある。改めて座り直し母は再び畳に座った。すこし身体を前に倒し身を屈める。学生服を私の胸の前に差し出した。一瞬目を輝かせ母はもう一度前に出る。ゆっくりと腕を突き出した。私のそばに更に寄り再び腕を浮かせ学生服を畳に置いた。

「お前の人生の生き様は、この学生服の中に全てあるんよ」

私へ向かって瞳を輝かせる母。渾身の心をこめるその姿のままに母の瞳は光る。しみじみと話し母は涙を落とした。一粒、二粒、三粒、母の瞳に涙が浮く。窓を通して入ってくる光線に一瞬の煌きを思う。母の心のうつろいを私は重く受け止めていた。

母の瞳の奥、そこは私がいじめられていた頃のまま、未だに止まったままの時間があったのであろうか。実に長い年月を経た今も母の心は純粋に保たれていたのかもしれない。私への一言のために私を呼び迎え入れていたのだろう。人生の最晩年に、母は私に過去を残すまいと語りかけたかったのであろうか。正しく前へ向かって進むことを私に知らせているのかもしれない。母の瞳の奥でキラリと光る涙は私への贈り物であったのか。いつまでも輝く母の瞳。瞳の涙は実に美しい。私も母へ向かって頷いていた。

夏越しのジュリアン

小野　憲昭

11月の終わりごろからジュリアンが咲き始めた。なんとか夏越しに成功したプリムラ・ジュリアンである。9月に2、3輪の小さな花をつけただけで、その後花を咲かせる様子を全く見せなかったので、もう花は咲かないものと諦めていた。そのため、11月に入ってから店頭に並び始めた新しいプリムラ・ジュリアンをすでに買っていたのである。

2週間ほどが経過する間に、黄色い花が葉や茎の緑を、そして植木鉢の縁そのものも円形ドームのように覆いつくし、昨年同様に鉢からあふれ出さんばかりになってきた。今年購入したプリムラ・ジュリアンをはるかに凌ぐ勢いである。雲が重く垂れ込め、今にも雪が落ちてきそうな灰色の景色の中にあって、この花の色彩の鮮やかさとたくさんの花の長く咲き競う姿は、気持ちを晴れやかにしてくれるし、心に温もりと元気を与えてくれる。手入れの時に今年も咲いてくれてありがとうと花や葉に触れながら声をかけている。

プリムラ・ジュリアンは、本来は多年草であるが、暑さに弱く夏越しが難しいので一年草として扱われることが多いという。その言葉通りに、もう一鉢のプリムラ・ジュリアンは夏を越しきれなかった。9月に同じように花をいくつかつけたが、咲き終わるとともに元気をなくして枯れてしまった。小さな花であったが最後の精一杯の贈り物を届けてくれたのだと感謝している。

花の手入れを進んでするようになったのは、2年くらい前からのことである。それ以前はそうではなかった。「花は大好きです」と仰っていた恩師は、恩師の雅号を冠した「白水会」という教え子たちとの集まりで、教え子たちから贈られる花束を毎年本当に嬉しそうに受け取っておられた。そして、いつも花束を両手に抱かれながら閉会前の締めのお話をしてくださった。私にとっては、花は、長い間、撮影対象としての恩師の格好の小道具としか見てこなかったように思う。

その恩師が逝去された。そして、引退後はいっぱいいろんな話をするのを楽しみにしていた幼馴染も、かつて新任の塾非常勤講師の救済支援のために力を合わせて活動していた同志も早逝した。手相占いのわが師であり、古典落語や演劇の世界に誘いその世界を活かす道を示してくれた知恵者も先に旅立ってしまった。私のほうが先に逝くつもりでいたのに。みんなに送ってもらおうと思っていたのに。一人取り残されてしまったという気持ちが強い。特にこの数年の間の相次ぐ別れに、孤独の深まりがさらに加速しているようで、急逝を報せる電話を受けながら涙があふれだし、受話器を置いても止まらなかったこともある。心に宿る孤独感は深くて重く、寂寥感に苛まれてきた。

この寂寥感を和らげてくれたのが草花の元気である。ミニガーベラに始まり、何種か育てているうちに元気をもらえるようになってきた。そのなかでも特に、プリムラ・ジュリアンの存在感と元気の良さは私にはありがたい。11月のある日、ホームセンター入り口の前で色鮮やかに咲き始めている元気なプリムラ・ジュリアンが目に留まった。黄色い2輪の花と蕾を3つ身につけたプリムラ・ジュリアンのポットを一つ手に取ったのが出会いだった。

物言わぬ花であるが、冬の寒さにも夏の暑さにも耐えて確かに命をつないでいるのが見える。植木鉢からあふれんばかりに咲く花に生命の力を感じ取れる。私もこの花に負けないように元気を出して、次のこと、来年のことを考えてみようかという気持ちになれる。孤高を保つ生き方もよいのかも知れないけれど、にぎやかに咲くプリムラ・ジュリアンの花のように、人の中にあって、他の人たちとともに生きて行くのが心地よさそうで、そのための工夫をしてみたいという意欲が湧いてくるように思える。夏越しに成功したプリムラ・ジュリアンのおかげで、これまで以上に会話がつながるようになっているから、花つながりで増えつつある新たな人たちとの交流の機会も大切にしながら、花の育て方についてさらに知識を得、経験を積んでみようと思っている。

そのためにも、新しく購入したプリムラ・ジュリアンとともに、さらに次の夏も越えてほしい。我が家には、妻が世話してきた20年越しのシクラメンがあり今でも花をつけているから、次の夏越しも決して不可能なことではないだろう。また、夏越しのジュリアンから次につながる元気をもらいたいと、今から期待もし、楽しみにもしている。

人形と電球

鈴木　淳子

私が小学校低学年のクリスマスの頃だった。母と三歳上の兄と三人で大阪市内のデパートに出掛けたときのことである。

兄は、その前年に初めての子を死産で失っていた両親にとって待望の子供であり、同居の祖母が待ち望んでいた男の子であった。身体は弱く、よく熱を出し、鼻も歯も悪いところだらけ。好き嫌いも多く母は兄のために料理に手間をかけていた。

一方妹の私は、風邪ひとつひかず、怪我もせず、当時としては教育には一際熱心だった母を悩ませないくらいに勉強ができた。

デパートに出掛けることは姑と同居の母にとって数少ない息抜きだったに違いない。特別化粧をしなくても美しい顔立ちの母と並んで歩けることに私の足取りは自然と弾む。母と手を繋ぎたい。そう思ったが指先は触れるだけで絡めることができなかった。

私たちは真っ直ぐおもちゃ売場に向かい、兄はすぐに目当てのものを探し出した。私はと言えば百花繚乱の売場に放り出され一歩も動けず呆然とするばかり。欲しいものが何なのか皆目分からない。いや正確に言えば、欲しいものはあった。視線はただその一つに向かい注がれていた。だがそれを欲しいと声にすることが出来ない。これ買うて、が言えない。

黙って二人の子供の様子を見ていた母が、呆然としていつまでも動かない私に「好きなものを買うてあげる。なんでもええから選び」と兄に聞こえぬように囁いた。

三十センチ以上はあろうかと思われる着せ替え人形を母に手渡すのにどれほどの時間がかかっただろう。黙って母は会計に持って行ったように思う。欲しかった人形を手にして弾んだ私の気持ちは、見るからに自分より高価なものを買ってもらった妹に対する兄の不満の声であえなくしぼんだ。母は終始無言だったように思う。母に迷惑をかけた、そんな気がして帰り道の足取りは重く、なぜ欲しいと言ってしまったのだろうと後悔に苛まれ、目尻が濡れた。

その母を六年前に八十九歳で亡くした。最後の一年は老人ホームで過ごしてもらった。兄夫婦と私の三人でほぼ毎日交替で母の顔を見に老人ホームに寄るのが仕事帰りの私の日課となっていた。

母の腕に次第に点滴の針が入らなくなっていた。

その日は仕事が遅くなり今日は母の顔を見に行くのはやめようか、もう母は休んでいる時間だ、そんな思いが胸をよぎった。だが自転車のハンドルは自然と老人ホームを目指していた。

薄暗い部屋に入ると母はすうすうと寝息を立てて一段と小さくなった体で横たわっていた。

点滴が入らなくなった腕を見つめ、それからそっと布団を持ち上げ眠っている母の横に体を滑り込ませた。息を潜め母の腕の中に身を埋めた。

母の匂い、母の体温。ふわふわの白髪が顔に触れるとそれを合図に私は息を始めた。

誰も来ない夜のベッドで母は私だけのものだった。

翌日明け方。自宅で眠っていた私の携帯が鳴った。先ほど母が亡くなったと兄が告げた。母のベッドから出て自宅に戻ってから八時間後のことだった。

問わず語りに昨晩母のベッドに入ったことを兄に話すと「お前はおかぁちゃんに抱っこされたことが少なかったからなぁ」とポツリと言った。自分中心で我儘いっぱいで生きていたとばかり思っていた兄の思いがけない一言で、どこかで止まっていた涙が溢れ出て悲しみに身体を奪われた。嗚咽が漏れ声をあげて泣いた。

素直で優等生だった私は、両親の気に入らない男性と恋に落ち、猛反対を押し切るかっこうで大学卒業の一年後に結婚、親元から遠く離れた信州で新婚生活をスタートさせた。

二年後、夫の東京への転勤と同時期に出産で実家に帰っていたわずか二ヶ月の留守の間に、夫は自分の部下と本気の恋に陥った。生まれて一ヶ月の長男を連れて実家から戻った私を待っていたのは、私以外の人を愛してしまったという夫の告白だった。浮気ではない本気の恋をした夫。信じていた夫の裏切りに、翌日から夫の言動の全てが疑わしく、幼子の枕元で夫の靴下まで裏返して調べる自分は鬼と化していた。

猜疑地獄に疲れたあと、今度は自分を責める日々が待っていた。

駆け落ち同然で結ばれたこの恋がまさか壊れるとは想像すらしていなかったある日、私は廊下の天井の壊れた電球を大きいお腹で椅子に登って取り替え何事もなかったかのように夫の帰りを待った。

たった二年で夫が他の人に心を奪われてしまったのは、私が一人で電球を替えてしまう可愛げのない女だったから。部屋の片隅でカタカタと上下に動くプラスチックの目でじっと私を見ている人形は私にそう告げていた。

欲しいものを欲しいと言えない、電球を取り替えてほしいと言えない。夫の裏切りの原因が実は夫ではなく私にあったのではないか、そう思い当たると、足元から冷えが上ってきて小刻みに震えた。そして奈落に落ち、這い上がれなくなった。

舅が、永年生き別れだった種違いの妹を引き取った挙句、あろうことか男女の仲になり、妻妾同居を強いられた姑は自死した。夫が恋人との蜜月を楽しんでいた最中のことである。

このことが引き金になり、私たちのわずか四年の結婚生活は唐突に終わった。息子と実家に戻り、両親の助けを受けながら働き続けた。

四十三年間続けた仕事の全てを、昨年古稀を迎えたのを潮に後輩に引き渡した。

仕事を手放す寂しさを埋めるために始めた産業カウンセラーという資格の勉強の中で、自分を含め多くの人の生きづらさが親との関係に起因していることを知った。

欲しかった母の温もり。精一杯我儘を言って、母を困らせたかった。人形のように美しかった母をみんなに自慢したかった。満たされなかった子供時代の歪みが、人一倍、愛に飢えているくせに、気づけば愛に対して覚めた思いしか持てなくさせていた。

人を愛することは誰にも止められへんねん。

夫の不実に苦しめられたくせに、分かった顔をして、こんなことを言う。

また誰かに、あんたはほんまに可愛いげがないなぁと言われそうだ。

ゴム製の人形と天井の電球は、柔らかさのない硬い自分だ。
その硬い殻で一体何から自分を守っていたのか。ふとそう思うのである。
本当はただ母に抱かれたかっただけなのに。

ありがとうの人生

小沼　公道

二〇一九年三月三十一日、私の退職の日である。教員生活三十七年のピリオドを打つことにあたり、一つだけ心残りがあった。

それは、その日からさかのぼること二十五年も前の出来事。水戸市内の中心部に満々と水を湛える湖近くのコンビニエンスストアでの出来事がきっかけであった。

その日は、夏の暑い夕方だった。いつも通りに散歩をし、その帰り道、湖畔のコンビニエンスストアに立ち寄ることにした。

駐車場に車を止め、何気なくその店のドアを開けようとした時、何とも言いようのない衝撃が心の中に走った。目に入ってきたのは、私の頭の中にかすかに記憶に残る、見覚えのある店員の姿がそこにあったからだ。「あっ、教え子だ……」。私は、その店員が間違いなく、かつて担任した「教え子」であることを直感した。私はその時、なぜ自分がこんなに狼狽しているのか、そう思うと無性に自分に腹立たしい不思議な感覚を覚えた。

その娘は、「場面緘黙《かんもく》」と言われていた子である。「場面緘黙」とは、特定の社会的場面で話すことができなくなる精神疾患の一つで、選択性緘黙とも言われる。

その娘が発症した理由は、小学校三年生の時に隣に座っている男の子に、「お前の声、変だね」と言われたことをきっかけに、まったく話さなくなったという。

その娘が六年生になった時、私が担任することになった。

『必ず治してやる』と心に誓い、教師人生のすべてをかける気持ちで彼女の心を開こうと自信を持って取り組んだ。しかし、彼女の病は思った以上に重く硬かった。心に病を抱える娘なので、病弱で休みがちだと思ったらとんでもなかった。毎日休まず学校に登校する。驚いたことに、六年生になるまで一日も休んでいない皆勤賞なのだ。私の学級経営の中心は彼女を中心に回っていた。毎日毎日、彼女の返事や言葉を聞くために「あの手この手」で誠心誠意取り組んだ。しかし、結局一度も声を聞くことができなかった。

卒業式の当日、「今日は最後の日だから返事をしてくれるだろう」と期待を込めて呼名した。「……」。彼女からの無言の仕打ちに、いら立ちを覚えた。最後のチャンスが残っていた。皆勤賞の校長による表彰の呼名だ。期待と願いを込めて一生懸命に呼名したが、結局、返事がなく私は失望した。自分のプライドを傷つけられた想いで、「彼女と二度と会いたくない」と思った。

店のドアを開けた瞬間、彼女が「ハッ」とするのがわかった。私も、突然視界に彼女が現れたことで動揺を隠せなかった。私は、気が付かないふりをして品物を探し出しレジ前の彼女に差し出した。

「八百六十五円です」と、彼女の弾んだ声。生まれて初めて聞いた彼女の声に、思わず、涙がこぼれた。彼女は私の表情を見逃さなかった。お釣りを渡す手が明らかに震えている。「ありがとうございました」の彼女の声に、何も答えることができず、お釣りをわしづかみにして店を後にした。車の窓越しに店の中を覗くと、彼女はレジ前で泣き崩れていた。その時私は、彼女が「今までどんな人生を歩み、どんなふうにして人前でも話すことができるようになったのだろう……」と思って涙がとめどなく流れた。彼女を恨んでいた自分を恥じるとともに自分の無力さを猛省した。小学校時代の嫌な思い出を振り切り、今、接客業で懸命に働いている彼女の姿を見つめながら、何度も心の中で「良かった」とつぶやいた。それからの私の教員人生は、「教育は、学校だけでは完結できない」ことを痛感し、社会全体で子どもたちを育てるための基盤整備をするために、行政の社会教育の道を選び進んだ。

私の教員生活が終わる三月三十一日までに、何とか彼女にもう一度会って、心に決着をつけたいと思った。卒業名簿を頼りに、彼女の実家に電話をした。彼女は一児の母となり東京で元気に暮らしていると知った。どうしても、学校でのことやコンビニエンスストアでのことを話して、教員生活にピリオドを打ちたいと願った。

三月三十一日、その日は日曜日だった。私に会うために、彼女は娘とともに水戸に帰ってきた。彼女が指定してきた待ち合わせ場所は、六年生の時に夏休みに彼女を連れだして二人で行った母校近くのバーガーショップ。決して華やかな場所じゃないけれど、彼女の気持ちが痛いほどよくわかった。彼女の第一声は、「先生は、やっぱり変わっていなかった」だった。思わず、二人で声をあげて泣いた。戸惑っていたのは彼女の六年生の娘さん、「何で二人は泣いているのか……」と。別れ際、彼女が言った。「本当は卒業式の日、ありがとうって言いたかった」と。「だから、お店でお釣りを渡す時に、心を込めてありがとうと言った」と。それだけで十分だった。幸せな、それはそれはとても幸せな退職の日だった。私は、心の中でつぶやいた。「君の先生でいさせてくれてありがとう！」と。

トキメキ

清水　明美

私が初めて〝バリトン〟を聞いたのは、小学6年生の時だった。

その日は、ひどく雨が降っていて、体育館に集められた私たちは、膝を抱えた体操座りで「芸術鑑賞の時間」を待っていた。すると、校長先生が壇上に立ち、「天候の悪化で出演者の乗った飛行機の熊本空港着陸が遅れました」と告げられたように記憶している。それから随分と長く待たされていたように感じていたが、当時子どもだった私の時間経過の感覚であるため、実際は1時間程度だったのかもしれない。

体操座りもくずれ、待ちくたびれていた私たちの前に、やっと男性声楽家が一人で現れた。「遅れて申し訳ない」と、しきりに小学生の私たちに謝り、そして、即座に歌い始めた。

その声は、まるで色がついているようだった。

その時の感覚をたとえるならば、目の前で水風船が割れた瞬間の衝撃と驚きといった感じだろうか。いつもは、体操服でマット運動や跳び箱をしている体育館が、一気に何か特別な空間になったような気がした。男性声楽家のバリトンの響きに小学生の私の胸が躍った、高鳴った。その瞬間のことは、今でもハートに焼き付いている。

今年、私は55歳になる。オペラが好きだ。特にイタリアオペラが大好きだ。舞台を鑑賞する時間は、恋に落ちた時の踊るような、宝石を身に着けた時の華やぐような気持ちにさせてくれる。

オペラを知ったのは高校生の時、偶然つけたテレビ番組に、レオンカヴァッロの『道化師』が映し出されていた。70分程度の短いオペラということもあるが、最後まで画面に釘付けにさせられた。流れる曲とドラマチックな展開に、私はテレビの前から動けなくなった。誰がカニオを演じたかなど覚えていない、覚える気もなかったと思う。なぜなら、それは小学6年生の時に感じた衝撃と同じだったからだ。

のちに、体育館で聞いた歌声の主が、立川清登さんと知ったのは、高校生になってからだ。そして、テレビに釘付けされたテノールが、マリオ・デル・モナコさんだと知ったのは、就職して給与で買ったオペラのビデオを見てだった。

音楽の知識などみじんもない私だが、小学生の時の「遅れてごめん」と心を込めて歌ってくれた男性声楽家との出会いが、高校生の時の思いがけず見入ってしまったオペラとの出会いが、今も心豊かにし、これからも心健やかに過ごせる楽しみを与えてくれたのではないだろうか。それだけでなく、辛い時、疲れた時、悲しい時にも、それらを忘れさせ、癒してもくれたのだ。

現在、私は近隣の小学校で〝読み聞かせ〟ボランティアをしている。私の読む物語が、子ども達の興味の広がりに繋がればと願う。そして、昔の私と同じように、読み聞かされる様々な物語の中から、未来に向けての楽しみや希望を見出し、心身ともに豊かに過ごしてくれればと祈っている。

退学もまた、門出なり

纐纈　政昭

ある秋の日、妻の母から葉書が届いた。そこには、高校を中退した次男を心配しての俳句がつづられていた。

「鰯雲　退学もまた　門出なり」

次男は高校で、教師との関係がうまく作れないまま、自らの意思で中退を決断した。親子三人で、高校に出向いて校長に退学の意思を伝えた。

ここに至るまで、私たち夫婦は、あの手この手と説得を試みたが、聞く耳を持つ彼ではなかった。高校を出ないと、就職に不利になるなどといった、一般的な通念を話したり、家族や親戚などの、いわゆる、世間体を気にした話を勝手に作って話したりしたが、彼の心に届くものではなかった。彼は、親の歩んできた人生や世間様が考える普通の道を選んだり、教師の指導を素直に受け入れたりすることはなかった。

そんなとき、妻がふと気づいたことがある。

「彼は、私たちのかけがえのない息子である。彼の良いところも悪いところも、そのすべてを親として丸ごと受け止めていこう」

これは、当たり前のことではあるが、腑に落ちた。

それをそのまま校長に伝え、中退することになった。その翌日、彼は、どこに行くとも言わず、外出した。たとえ聞いても、答えてくれる雰囲気ではなかった。夕方、帰って来るなり、彼は妻に言った。

「明日から、弁当を作ってくれ」

どうして必要なのかと、妻は彼に聞いていたようだが、何も答えてくれる雰囲気ではなかった。暫く、弁当を持って出かける日々が続いた。どこに行くのかとも、何をしているのかとも、私たち夫婦には、全くわからない不安な毎日が続いた。一週間ぐらいしたある日、頭にタオルを巻き、ズボンは裾が広く、足首の締まったものをはいて帰ってきた。誰にもらったのかなど、話してくれる様子はない。その汗だくのシャツやズボンには、ペンキや泥がつき、洗濯をしても落ちるものではなかった。

建設関係の力仕事をしているのであろうか。お世話になっている親方に、親として挨拶をしたいといっても、どこのどなたであるとも教えてくれることはなかった。

妻は、毎日、弁当を作る日が続いた。

ある日、仕事から帰ってきた彼は、いつものように流しに弁当箱を置いて、自分の部屋に入っていった。その弁当箱には、米粒一つ残されていなかった。その弁当箱を眺めていた妻の目には、涙があふれていた。その弁当箱を洗う妻の背は、かすかに震えていた。

「きれいに食べてくれた、うれし涙か」

と聞くと、

「そうじゃなくて、私が詰めた、お弁当のご飯が足りなくて、米粒一つ残さず食べたのかと思うと、かわいそうで……」

また、ある日、夕飯を食べながら、妹の誕生祝いをしているとき、彼が仕事から帰ってきた。飯台の上にあるケーキを見て、誕生日であることに気づいた彼は、汗がしみ、泥やペンキのついたズボンのポケットに手を突っ込み、取り出したシワシワの千円札のしわをのばしながら、

「祝いや」

といって、妹に差し出した。その腕の向こうに、目に涙をためている妻がいた。この千円は、彼が、汗水流した、一時間あまりの労働の対価である。

彼の将来を心配しつつも、私たちは混沌とした状態で数ヶ月を過ごした。そんな折りに

届いた義母からの葉書であった。

義母は、私たちを手助けしてやれない思いの中で、鰯雲を季語とする苦肉の一句を詠んだのであろう。春三月、多くの人が祝福される卒業だけが門出ではない、中退もまた新たな門出である。親が祝ってやらないで、誰が祝ってやるのか。私と妻の社会通念を切り替えよという義母の叱責であったのであろう。

彼の兄と妹の最終学歴は、大学や大学院である。兄が大学に合格したとき、義母から祝いの短歌が届いた。

「合格の第一報に湧く歓声敏宏ばんざい桜満開」

妹が大学院に合格したときは、

「合格の第一報の届きたり受話器握る手震え止まらず」

次男へのこういった祝いの短歌はない。彼は今、社会という大学院で勉強中である。

彼は高校中退後、自分で見つけてきた建築関係の仕事を続け、親方たちから、仕事を学び、二十歳で独立し、一人親方として働くようになった。今、彼は三十五歳、十数名の従業員を抱えて、会社を経営している。今年、私の年収を遥かに超えるほどの税金を納めるようだ。この税金は、彼が今学んでいる社会という大学院の授業料である。りっぱに納税義務を果たしている。

私たちには、思い描くことができない生き方を見せている次男は、私たちにひとつの生き方を教えてくれている。この生きざまは、決して単調なものではなく、親として、ハラハラドキドキ、心配することばかりである。

しかし、親の想定を超えた生き方をしている彼は、私たちにとって自慢の息子である。

私たちに、彼の人生の門出を祝うようにと教えてくれた義母は、他界して今はいない。

彼の人生を賛美する短歌をしたためてくれる人はいなくなってしまった。

私たちにできることは、彼の人生に拍手を送り、応援することであろうか。

彼の最終学歴は、まだ、確定していない。

音のない国から――聴覚障害の弟を思う。

戸塚　和男

幼いころ、高熱がもとで聴力を失った。だから、音というものを知らない。ぼくが信じられたのは、常に目の前に広がる風景だけだった。

笑いあう人々、争いあう人々……人々の動きはわかっても、動きの理由はわからない。ぼくはまったく聴こえないのだから。

でも、自然の光景や営みは、心の中に何の抵抗もなくどんどん入り込んで来た。だから、ぼくは山が好きな長兄に連れられて、あちこちの山によく登った。そこに音は必要なかった。ただ、木々や草花の香りに包まれて幸せだった。

ぼくは、東に富士川が流れ、その向こうに仰ぎ見るような富士山を望む、小さな山村に生まれた。昭和24年。戦後の復興期だったろうが、山村にはそんな槌音は、まだかすかに響き始めて来ていただけのころかもしれない。

3人兄弟の末っ子だった。1歳の時、高熱に侵された。そして、ぼくから音は消えた。母はぼくを抱きしめ、泣き続けたという。やさしい父母だった。ぼくのために愛情をいっぱいに注いでくれた。2人の兄もぼくと遊んでくれた。そして4歳になったぼくは、遠いろう学校に母と通い始めた。

6歳になった時に、ぼくの通学が楽になるようにと、となり町にある、父が勤める会社の社宅に引っ越した。ぼくがいた村の人たちはみんな親切で、ぼくをとてもかわいがってくれたので、本当は村を離れるのはつらかった。でも、ぼくの通うろう学校にはあまりに遠すぎた。ぼくは泣きながら村の人たちと別れた。

すべての人にいろいろなことがあるように、それからのぼくにもいろいろなことがあった。ありすぎるほどあった。そして今もある。

〝幸せはその人の心が決める〟……ぼくは本当にそう思う。だから、ぼくは〝不幸だと思えば不幸〟、〝そうではないと思えばそうではない〟と納得できる。中途の聴覚障害ではなく、ほとんど生まれつきといってもいいくらいの障害だから、なおさらそのように受け入れはできるのかもしれない。

相手の口の動きを読み取る〝口話《こうわ》〟から、手や表情などを使う〝手話《しゅわ》〟へのろう教育の転換は画期的なものだった。とにかく〝口話〟で相手の言葉を理解するために使う、〝見逃すまい〟という一点への持続的、視覚的な負担は並大抵のことではなかったのだ。固く禁じられていた〝手真似《てまね》〟という偏見から、ぼくたちろう者は解放された。

『これでぼくたちは口だけに集中しなくてもよくなったのだ』とぼくは思った。もちろん、過渡期には大変な努力が必要だったが、同じろう者で作る「手話の会」での活動は、ぼくたちの絆をいっそう強くした。ぼくたちは音のない世界で、強くつながっていった。空間に広がる指が、生き生きとした表情が、ぼくたちに新しい世界を開いてくれた。ぼくたちに自然な笑顔があふれ始めた。

ろう学校の高等部を卒業したぼくは、学校で習った木工技術を活かそうと家具会社に勤めたが、やはり危険を伴う機械操作は無理だった。

そこで、長兄夫婦の紹介で「鎌倉彫」を習うことになった。木彫りの仕事は、ぼくのやりたいことにぴったりだった。ぼくは先生に教えてもらいながら、彫り方や塗り方を覚えていった。

ひととおり技術を身につけたころ、両親が新しい家を建てるのと一緒に、庭に小さな作業小屋を作ってくれた。小さいけれど、ぼくの会社だ。ぼくは家具会社からの仕事を受け、そこで作業を続けた。家族みんなが協力してくれて、やりがいのある楽しい日々だった。

そして、31歳のときに結婚した。妻はやはり聴覚障害者だ。妻はぼくをよく支えてくれた。ぼくたちの手話での会話はスムーズだった。家族を含め、周りの人たちはみんなやさしかったけれど、なかなか思いが伝わらないもどかしさはあった。だから妻との手話は、心から理解し合える、2人にしかわからない深く安らげる世界を築いてくれた。

　待望の子どもが生まれた。女の子だ。両親は我が子のようにかわいがってくれた。毎日が娘を中心に動いていた。ぼくが生まれた時も、きっと両親は同じように喜んだことだろう。ぼくは両親に元気な孫を見せることができて、本当によかったと思った。

　しかし、ぼくの心に不安はあった。『娘が大きくなった時、父母ともに聴覚障害者と知ったらどう思うだろう』。

　そんな不安を忘れようと、ぼくはますます仕事に打ち込んだ。そんな日が来なければいいとさえ思った。

　娘が小学生になった時、両親はぼくたちのことを娘に説明した。そして、授業参観にはぼくたちに代わって両親が行くことを話した。娘は驚いて泣いたが、やがて何を思ったか、ぼくと妻の後ろに来て、交互に頭をなでてくれた。

『わかってくれたんだ』とぼくは思った。涙が止まらなかった。

　娘の成長、障害者施設への転職、母との別れ、そして娘の結婚、孫の誕生と歳月は流れた。ひ孫の誕生を見ないまま83歳で亡くなった母。そして母亡き後10年間、みんなと元気に過ごすことができた父も96歳で送った。戦前、戦中、戦後と大変な時代を生き抜いてきた両親には、感謝の気持ちしかない。

ぼくが聴覚障害になってしまったことへの後悔もあっただろう。ぼくがかわいそうだと、心を痛めたこともたくさんあっただろう。しかし、両親は常に前を向いていた。強かった。そんな両親から生まれてきて、本当に幸せだと思う。

ぼくは3人の孫に恵まれた。遠いところにいるからなかなか会えないが、それだけに会った時の驚くような成長をいつも楽しみにしている。

たまに遊びに来て、帰る時、車の窓越しに孫たちが「ありがとう。楽しかったよ。また来るね」と手話を送ってくれる。聴こえなくても、少し離れたところにいても、手話という便利な手段でぼくたちは心を通わせることができるのだ。

令和3年9月、ぼくは、心臓の周りの膜にがんができているということで手術を受け、2か月ほど入院した。先生の話では、あまり症例がないということだったが、難しい手術も成功し、痛みや苦しさから解放され、ぼくは先生に心から感謝した。看護師さんたちには手話ができる人はいなかったが、筆談で確認しながら、親切に看護してくれた。

病室の窓からは、山や竹林や茶畑が見えた。ぼくは色鉛筆でその風景を描きながら、何十年も見ていない生まれ故郷を思い出し、たまらなく行ってみたくなった。見舞いに来てくれた次兄夫婦が、「退院したら行こう」と、習い始めた手話で約束してくれた。ただ、退院後も抗がん剤治療は続くよ、とも言った。日々、ぼくの風景画が病室の机の上に重なっていった。

令和5年3月30日。春の陽光が暖かく照らす日、ぼくたち夫婦は次兄夫婦とともに、車で生まれ故郷を訪ねた。

故郷の自然は、ほとんど変わらない姿でぼくを迎えてくれた。ただ、村を貫いて富士川に注ぐ川の流れは、あのころの豊かな水量と清らかさをたたえてはいなかった。

桜は満開。そしてその向こう、富士川越しに仰ぎ見る白銀の富士山を、ぼくは目に焼きつけた。またいつの日か、この故郷を訪ねることができるだろうか?

桜の花びらが風に舞い、ぼくの顔や体に降り注いで来た。ぼくは木の間越しの真っ青な空を見上げた。そして、やさしかった父や母の顔を思い浮かべていた。

祖母からの宿題

宇都宮　縁

祖母だけは、私を笑わなかった。
三つ年上の姉のように勉強ができなくても。
母のように運動神経が良くなくても。
いつだって、何の取り柄《とえ》もない私を、ありのままでよいと肯定《こうてい》してくれた。
生きることに疲れた時。
祖母の笑顔を思い出す。
どんな仕草《しぐさ》で笑い、どんな声で私の名を呼んでくれたか。
記憶は不鮮明になっていくけれど。
確かなことは一つ。私は祖母が大好きだった。
何年経《た》っても変わらない想い。

私の唯一の味方でもあった祖母。

私が十四歳の時。祖母は自宅の納屋の二階で、農薬を飲んで自死した。

亡くなる前。体調不良をうったえていたのに。

母を含めた四人の子供達に迷惑《めいわく》はかけられないと、常に自分のことよりも周囲の人達を気にかけていた。

優し過ぎる。どうしようもなく。

悲しいほどに。

三十三年経った今でも、拭いきれない罪悪感。祖母のSOSに気づけなかったことへの悔恨。私達の無関心が祖母を死にいたらしめた。


高校二年生の時。

過度なストレスのため、私の体は無気力なおもちゃのように壊れた。

私のSOSも、祖母同様、届かない。

当たり前に過ぎていく時間の感覚が。

毎日を無為《むい》に過ごす後ろめたさが。

死への渇望が。

皮肉にも生きている証だった。

体と心は常に一体である。
病んだ心は、体を道連れにし、腐《くさ》りきった根性は、不平不満の悪臭《あくしゅう》をまきちらす。

二十代になると、四十三キロの体重が、三十三キロまで落ちた。
枯渇し、干上がったミイラのような体。
私の心は、すでに屍《しかばね》だった。
生きる価値？
生きる意味？
どうでもよいと頭の中で連呼するのに。
心は助けを求めていた。
心の底にある『生』への欲望が。わずかな『希望』が。あふれるように叫んでいた。
言葉にすれば甘えになりそうで。
弱音を吐《は》けば叱《しか》られそうで。
私は、どうして、こんなにも弱くなったのだろうと。
自らに失望し、絶望する。
時に容赦なく襲《おそ》ってくる悪意のない嘲笑。
かつて私も人の心を傷つけたこともあった。

だから、おあいこなのだと。
こうなることは必然なのかもしれないと。
諦めていた頃。
都合の良い私は、亡き祖母を思った。
助けられなかった祖母に、心の中で縋《すが》った。

三十三年前に戻れたら、祖母に何と声をかけただろうか？
とりとめのない妄想に頭の中が浸食《しんしょく》され、涙があふれた。
思いつく限りの励ましの言葉は無意味だ。
そんなものは気休めにしかならない。
もし、私が祖母の立場なら。
たぶん、この言葉だ。
「大丈夫？」
その一言が言えたなら、祖母はまだ生きていたかもしれない。
変えられないと知りながら、過去を振り返るクセは、未《いま》だ抜《ぬ》けきれない。

二十代半ば。

私は心療内科に通院し始めた。
心の病気は目に見えないため厄介《やっかい》である。
心は形が無いからこそ、壊れた時の痛みを他者に伝えるのは難しい。
言葉では伝えきれない思いを。
あえて言葉にしたいと思えるようになったのは、童話作家への夢を持ったからだ。
言葉は毒にもなるし、薬にもなる。
書くことで自分の気持ちを整理し。
また、他者の視点で物語を紡ぐことで、相手の気持ちを想像する。
人と人とのコミュニケーションに言葉があるように、言葉の持つ力は必ずある。
自分の気持ちを伝えるための一つの方法として、私は言葉を使いたい。
そこには正解も間違いもない。
私は百点満点の答案用紙はいらない。
むしろ、たった一点でもいいから、納得いく答えであれば。
その一点の重みは十分、価値がある。
簡単に肯定し、見つけた答えよりも。
時に否定的で、卑屈《ひくつ》になっても、はいつくばって手に入れた答えにこそ意味がある。
そんな私を精神的弱者と見る者もいる。

弱さを知るからこそ、人は強くなれる。

そして、その強さは人を傷つけるためのものではなく、寄り添うための強さでありたい。

人生には、いつだって障害は付きものだが、たとえ人より生きることが不器用でも、常に一点の答えを探そうと思う。

言葉の力で人を生かすための。

祖母が命《いのち》をかけて、私に残してくれた大切な宿題だから。

人生七転び八起き　捨てたもんじゃない

サクラ

苦節40年、保育士生活。定年退職を迎えた。

保育士生活は、無視、嫌味、仲間外れなどの人間関係で心が折れ、鬱で休んだこともあった。何度も辞めたいと思ったが、それでも続けた理由は、公務員の安定した生活だったから?……いや、それ以上に子ども達の笑顔、成長、何といってもやりがいのある保育という仕事のおかげ。

だから退職金は涙と汗と努力とストレスの賜。

家庭と仕事の両立。「よくがんばりました!」と自分で自分を初めて褒めた。

家庭生活では、双児を含む4人の子育てに終わりのない奮闘し、日々、日々をこなした毎日。私の趣味は一人旅。

先日、那智の滝を一人旅した。

そういえば、まだ子どもが2人だった頃、フェリーに乗って行ったっけ。楽しい思い出の一コマである。そんな生活も家庭内別居になり、11年目を迎えた。

離婚話が出たのは、子ども達が多感な頃。

私は母として離婚しないように踏んばった。

片や夫は、離婚に反対する私の顔を見ないかのように3年もの間、毎日午前様の生活。

遊びほうけ、子どもの学費は全て私に丸投げ。

夫の意向で私立に入った子ども達の学費は全て私が払うことに……。家のローンに加え、借金が増えた。

家は共同名義で購入した。その為、意地でも家から出ない2人……。結果、口もきかない家庭内別居となった。

自分の気持ちに踏ん切りをつけるのに、4年かかった。

やはり仕事は辞めないで良かった。

その間、弟をガンで亡くし、父も脳梗塞で亡くした。

義父母も病気で亡くなった。

中学2年から、自分に向き合う癖がつき、友人ができないという悩みは今もある。勉強を含め、努力しても、色々なことが身につかないというネガティブ志向になってしまった。

そんな自分から脱却したくて、大人になり、自分磨きに精を出す……話し方教室、タイコ、英会話、ジムetc。
どれも身につかない……とまた悩む。

そんな中はまったのが一人旅。

5年前思いきってアメリカにいる学生時代の友人を訪ね、一人旅をしたのがきっかけだった。コロナにならなければ、毎年行きたかった海外。シフト制で平日が休める職場に異動して4年。日本国中、一人旅をした。

私の夢はCA。高校卒業まで夢を追いかけた。

夢半ばで違う道へ……。

定年退職を迎え、今やりたいことは海外の保育園でボランティアをしながら、色々な国を巡ること。

身体が元気なうちに動きたい。軽い認知症の母を見て思う。友だちができないという悩みを持たず、鬱にならない人生を送りたかった。でも、しょうがない。私が歩いてきた人生だ。

それでも50才を過ぎてからの10年は、ポジティブ思考になり、ネガティブ思考をプラスのエネルギーに変えられるようになった。

やっと自分を好きになれた気がする。

離婚話が出た時苦しくて毎日「死にたい……」と思った日々。

踏ん切りをつけて落ち着いてからは「どんな結果を迎えるか見てみたい……」と、前が向けるようになった。

「家庭内別居中」答えはまだ出ない。しかしこれが答えか……?

そして私の海外への思いはこれから。

若い時ワーキングホリデーをしたくても、その背中を押す自分がいなかったから、いつまでも憧れる海外。

残りの限られた時間の人生でやれることは全てやる。

離婚話の結末を見た時のように、どこまで人生の駒を進められるのか……

今年は長期に海外へ行き、海外生活を謳歌する。

ぜんまいばあちゃん

縣　鶴之介

古いアルバムに貼られた一枚の白黒写真がある。薄茶色に変色した台紙にブルーブラックのインクで、「昭和44年」と書かれている。日付はないが、セーターの上に綿入りのはんてんという私の服装から、二歳前後の冬だと分かる。荷車を連結した耕運機の運転席の足元に座り、不安そうな表情で遠くを見ている。その奥に、年季の入った綿入りの着物を着た老女が写っている。そっぽを向いて座り、振り向くその人のほつれたひっつめ髪は、ゴワゴワの白髪のようだ。顔は耕運機のハンドルで半分隠れているが、はるばあちゃんだ。父が農作業で畑にいて、母も勤めに出ていたから、四人きょうだいの末っ子の私は、はるばあちゃんと行動を共にしていた。

このときのことはなぜか鮮明に覚えている。近所のおじさんの耕運機を見たはるばあちゃんが、「こえーかん、こへすわっべや（疲れたから、ここへ座ろう）」と言った。私は、「だめだよう。おこられるよう」と反対したが、「あんとんねっぺ（大丈夫だろう）」と言ってどっかと腰をおろしてしまった。そこにカメラを持った叔母が来て、私にはるばあちゃんの隣に座るよう促した。仕方なく座った私は、左手ではるばあちゃんの右腕を掴みながら、おじさんがいないか周囲を警戒した。写真に写るはるばあちゃんの右目と口元は、あんとんねーよ、と苦笑いを浮かべているように見える。

保育所に年長から入るまで、明治生まれのはるばあちゃんが私の面倒を見た。「生きていく上で大切なことを、ばあちゃんに教わった」と有名人がエッセイに書いたりするが、はるばあちゃんは人生の教訓めいたことなど言わなかった。マイペースで常にゆったりとしていて、短気で多動だった私には、ぜんまい仕掛けで動いているように思えた。口数は少なく、ときどき独り言のようにぼそっと言葉を発した。

祖父は戦後すぐに亡くなっていたから、茅葺きの母屋の奥座敷に掛かっていた、絵か写真か分からないような遺影の顔しか知らない。父方の祖母がはるばあちゃんのほかにもう一人いたことを知ったのは、小学生になってからだ。盆や彼岸に墓参りに行くと、朽ちかけた木製の墓標が並んで立っていた。一基は祖父、もう一基は祖父の正妻だった。正妻は、祖父が亡くなって一年あまりで亡くなっている。

産婆学校を出た正妻が、医院を開業するため、医師の免許を持つ祖父を婿に迎えた。近所に住んでいたはるばあちゃんは、娘の頃からお手伝いさんとして働いた。立派な体格で、力仕事も難なくこなしたという。子宝に恵まれなかった正妻に代わり、祖父との間に父を含む四人の子を成した。長男だった伯父は、自分だけ正妻の子だと思い込み、優越感にひたりながら、次男だった父ら三人のきょうだいを可愛がった。大学の医学部を卒業して跡を継ぐはずだったが、あるとき、自分もはるばあちゃんの子だと知り、家を飛び出してしまった。それっきり二度と帰ることはなかったので、私は伯父というものを知らない。

多動だった私も、はじめは、はるばあちゃんの後をぴったりと付いて回った。成長とともに体力がついていく私と、老化とともに衰えていくはるばあちゃんとのバランスが保たれていたのは、ほんの短い間だった気がする。はるばあちゃんは、お茶の木が芽吹くと、新芽を摘んでガムのようにくちゃくちゃと噛み、つつじが淡いピンク色の花を咲かせると、花弁の下の方から蜜を吸った。屋敷の中には、何本か果樹があった。はるばあちゃんは、ピンポン球くらいの大きさのみかんやびわの実を好んで食べた。「ぜんまい」が切れると、切り株など、段になっているところを見つけて腰をおろし、日向ぼっこをする。はるばあちゃんと過ごした日々ほど、自然を身近に感じたことはない。はるばあちゃんを思い出すとき、その光景はいつも柔らかな春の日差しに包まれている。花の蜜を吸い、果実を楽しみ、木の切り株で休む。まるで野に遊ぶ蝶のようだ。

父とはるばあちゃんのあいだに、会話はほとんどなかった。勝手気ままな次男坊のはずだった父には、家を飛び出した兄に、しがらみが多い田舎の家長としての役割と老いた母親の面倒を押し付けられた、という思いがあったのかもしれない。それでも父から、はるばあちゃんの若い頃の話をいくつか聞いていた。体重が何貫あったとか、重いものを軽々と持ち上げたとか、正月に餅をいくつ食べたとか、そんな類いの話が多かった気がする。中でも、動物をめぐる話が好きだった。

アメリカ原産のニワトリを飼っていたころ、小屋に入って卵を採るはるばあちゃんは、腕をくちばしでつつかれて血まみれにされていた。そんな荒くれヤンキー鳥の天敵は、雑種の飼い犬だった。何羽も襲ったので手を焼き、とうとうはるばあちゃんが自転車で遠くへ捨てに行った。懐いていた飼い犬だけに、はるばあちゃんは後ろ髪を引かれた。まだ舗装されていなかった砂利道を一時間以上かけて家に帰ると、捨てたはずの飼い犬の方が先に帰っていた。

少しずつ私の行動範囲は広がっていき、一人で近所の商店に菓子を買いに行くようになった。ある日、フタの裏に「アタリ」と書いてあるとワッペンがもらえた、「仮面ライダーアイス」が食べたくなり、はるばあちゃんに「おかねちょうだい」とねだった。アイスより、ワッペンが目当てだった気もする。大きながま口を開いて百円玉を取り出してくれたときは嬉しかった。私は鼻歌混じりの上機嫌で商店にすっ飛んで行った。仮面ライダーは、冷凍ケースの中で霜をかぶりながら待っていてくれた。左手にしっかりとカップアイスを持ち、右手で店主のおばあさんに百円玉を渡した。次の瞬間、思いもよらないことを言われた。

「これじゃあ、買えないね」

おばあさんの皺だらけの浅黒い手のひらに載っていたのは、よく見ると百円玉ではなく一銭硬貨だった。顔から火が出るほど恥ずかしかった以上に、鼻で笑うおばあさんが憎らしかった。家に帰るとこらえていた涙があふれ出し、八畳の寝部屋にいたはるばあちゃんの腹を、和太鼓のように両手で力いっぱい叩いた。はるばあちゃんは戸惑った様子で、「堪忍してくろよう。目が見えねっただよう」と釈明した。そもそも何でがま口に一銭が入ってたんだよ、と笑えるようになるのは、だいぶ後になってからだった。あの時のはるばあちゃんの悲しそうな目を、私は忘れられない。

はるばあちゃんは、父や叔母たちの母親という立ち位置ではなく、「お手伝いさん」で生涯を通した気がする。私が小学四年生の冬に、はるばあちゃんは亡くなった。死期が迫っていたとき、父が苛立った様子で伯父に電話をかけた。

「ばあさんが兄貴に診てもらいてえと言ってっだよう！　何で来られねえだあ！　それでも医者かあ！　実の親だろ！」

いつになく激しい父の怒鳴り声が、冷え切った広い土間のある玄関に響いた。

はるばあちゃんが八畳の寝部屋で息を引き取ると、天井から吊るされていた裸電球の灯りが消えたという。伯父の誕生日の夜だった。結局、伯父は葬儀にも現れなかった。

はるばあちゃんが若い頃に脳溢血で倒れたことがあるのを知ったのは、亡くなって何年も経ってからだった。ぜんまい仕掛けのようにゆっくりと動いていたのは、その後遺症のせいだったのかもしれない。くろこのような人生を送ったはるばあちゃんは幸せだったのか、私には分からない。

父のいたころ

富田　まほ

幼少期、私は東京の片隅の、ある町に住んでいた。当時、家族は両親、姉、私の四人で、父は中学の国語教師、母は小学校教師だった。住まいは木造平屋建ての小さな一軒家で、狭い庭には井戸があり、家の前には原っぱが、周囲には畑や田んぼが広がっていた。

ある日の昼下がり、私は母に連れられ、商店街へ向かう道を歩いていた。人通りの少ない道だった。その道に男の人が倒れていた。踏まないよう、よけようとすると、突然母が立ち止まり、その人の傍にしゃがみこんだ。

「あなた、しっかりして」

うちの父だったのである。父は前日出かけたきり、帰っていなかった。そして、酔いつぶれて道端で眠りこんでいたのだ。

母が甲斐甲斐しく父を抱き起こすのを、私は呆然と眺めていた。

父は一九二四年生まれで、戦争末期に学徒動員で中国の戦地に赴いている。そして、復員後、二歳年上の母と見合い結婚をしたが、その時には既にアルコール依存症になりかけていたようだ。普段は物静かな優しい人だったが、一旦酒を飲むと別人になった。

大学在学中に姉が生まれた。そして、卒業後教職に就き、私が生まれたが、父の酒癖は悪くなる一方だった。

教師としての勤務もおろそかになり、二日酔いでの出勤や、無断欠勤が続いた。当然、たびたび校長先生のお叱りを受けたが、酒との縁を切ることはできなかった。

家では、姉や私が父を怖がるようになった。夕食後、母子三人で楽しく過ごしていても、酔った父が帰宅すると、姉と私は一目散に別室の寝床に飛び込んでしまった。

このままでは父にも子供たちにも良くないと、母は考えたのだろう。姉と私を、実家の母の両親に預ける決心をした。父に反省を促すためでもあったようだ。

そして、たまたま上京していた親戚のおばさんが、帰省のついでに、私たちを、遠方に住む祖父母の元へ連れて行ってくれた。

姉と私は、祖父母や伯父一家の世話を受け、のんびりと過ごした。二か月ほどして、母が迎えに来た。父が玄関に座り込んで、姉と私の下駄を抱きしめ、泣いたからだという。

迎えに来た母を見て、姉は喜んで母に飛びついた。だが、幼な過ぎた私は、母の顔を忘れてしまっており、母が近づくと、逃げてしまったそうだ。その様子を見た祖母に、

「こんな幼い子を手放すからだよ」

と涙ながらに言われ、母も共に泣いたという。

子どもたちを恋しがって泣いたものの、父は生活態度を改めることはできなくて、その後も酒に溺れた。

ある日、父は家を出たきり、何日も帰って来なかった。そして、母に函館から電報が届いた。帰る交通費がないので送ってほしいと。父は酔った勢いで北に向かう列車に乗り、さらに青函連絡船に乗ってしまったそうだ。

数日後、父は母の送った金で帰って来た。その時、鮭をくわえた小さな木彫りの熊を、恥ずかしそうにくれたという。お土産のつもりだったらしい。

またある時、父は私を上野公園に連れて行ってくれた。二人で不忍池で鴨を眺めた後、動物園を楽しんだ。それから、土産物屋で、父は「何か欲しいものを買ってやるよ」と言ってくれた。

そのころ、なぜか男の子になりたかった私は、おもちゃの刀を買ってもらった。その刀を持って、父と撮った記念写真が、今でもアルバムに残っている。

さて、私たちは、夕方我が家のある町に戻ってきた。だが、父は家に帰ろうとせず、駅前の飲み屋に入ってしまった。そして、いつものように酔いつぶれ、帰り道で巡査に保護された。

父と私は、駅前の交番に連れて行かれた。そして、巡査は、酔ってわめきちらす父を必死になだめたり、叱ったりした。そのすきに、私は一人、交番を飛び出してしまった。

当時、私は三歳だった。交番から家までは、大人の足で八分ほどの距離だったが、私はわき目も振らず、家に向かって進んだ。父に買ってもらった刀を握りしめ、転んでも泣きもせずに起き上がり、とうとう家にたどり着いた。汗と砂ぼこりにまみれ、一人帰ってきた私を見て、母はひどく驚いたそうだ。

その後父は体調を崩し、入退院を繰り返した。そして、私が四歳のとき、三十一歳の若さでこの世を去った。死因は肺結核だった。当時は戦後の物のない時代で、栄養状態が悪かった。そのため、結核患者が多かったらしいが、父もその一人だったようだ。

死後十年以上経って、父が大学ノート数冊に、日記や手記、短編小説などを書き残していたのを知った。一九四六年頃から死ぬ間際までの数年に書かれたものだ。その中にこんな文があった。

「嗚呼！　凡ては去って行く
今の自分は、もう一刻前の自分ではない
変わり変わって、一体自分は何になるのだろう
何にもなりはしない
唯虚無の中に消えて行くのだ」

「余は一個の肉体に過ぎぬ
鏡を見てゐる時つくづく感じる
此のつまらぬ肉塊の中に潜む精神とは
何う云ふ正体のものか
一寸見せてくれ」
「俺は唯喰って飲んで排便する丈さ
哲学や宗教が何になるってんだ
時間と空間を失った男とは俺の事だよ
カントもヘーゲルも糞喰へだ」等々。

ノートの随所に、人生への絶望や虚無感が綴られていた。十代後半から二十代前半の多感な時期を、戦中戦後の混乱の中で生きざるを得なかった父。そこには、私などには理解できない苦しみがあったのだろう。

母によると、父が酒に溺れるようになったのも、戦争が大きな要因だそうだ。

士族の家柄に生まれ、坊ちゃん育ちで気の弱かった父にとって、戦場での過酷な体験は相当こたえたらしい。戦後、生家は没落し、大学に復学したものの、経済的にもかなり苦労したようだ。

具体性に乏しい、ただひたすら観念的苦しみが書き連ねてあるノートの一隅に、こんな箇所があった。

「子供の写真を眺めて
　不思議に思ふよ、ほんとに
　俺は此子の父親かと、
　父ちゃん　馬鹿だなあ　許してくれ！
　嗚呼、もう何も書きたくない
　父親の資格もなくして父親となった今」

そして、余白に鉛筆で描かれた、可愛らしい赤ん坊の絵。

この赤ん坊は、日付からして、私ではなく二歳年上の姉である。当時、父は二十四歳だった。家庭を顧みず、生や死に悩み、酒に溺れる日々。そんな父の、「父親の資格もなくして」と書いているところに、私は一番父親らしさを感じている。

私の、父についての直接の記憶は、あまりにもわずかである。だからこそ、間接的記憶を後になって求めるしかなかった。そして、写真やノートの中に、今の私より遥かに若い青年を見いだす時、私もまた不思議に思う。この青年が私の父親なのかと。

父にもっと長生きしてほしかった。そして、

「昔、お父さん、お酒ばっかり飲んでたねえ。あの頃いったい何を考えてたの？」

などと、生意気を言ってからかってみたかった。そしたら、父は何と答えただろう？

数年前、母は九十四歳であの世へ旅立った。父と母の魂は、六十年ぶりに再会できただろうか？　今はただ二人の冥福を祈るばかりである。

未知の道は道すがら

齊藤　真由子

「母が今も元気だったら」という考えは持たないようにしている。

四年前の寒い冬のあの日まで、母とは三十歳年の離れた姉妹か親友のように過ごしてきて、一緒に旅行や食事に出かけたりファッションのアドバイスをもらったりした。母と私とでは身長が十センチ以上違うのに、和服も洋服も、母から借りて着れば見ず知らずの人に声をかけられてほめられた。

茶道の指導を直接されたことはほとんどないけれど、私自身の師匠に聞きづらい質問をときに母に向けたりもした。母は茶道である高みに達していたが、私が勉強のために探してきた自由で気楽な雰囲気の茶席が好きだった。

緊急手術の連絡を父からもらい、病院で目にした術後の母はただ眠っているだけのように見えたけれど、医師の説明を聞いてようやく事の重大さがわかった。でも三週間で退院と告げられたので、その時はまだ、母とその数日後に計画していた京都への旅が少し先延ばしになるだけと楽観していた。

ところが、目覚めた母は術中に脳障害を負い、コミュニケーションができなくなっていた。もちろん自力で動くこともかなわない。

三週間だったはずの療養は一度の転院を経てもう四年になる。

初めのころは辛くて悲しくて泣いてばかりいた。防ぎようのない急病かもしれないけれど、母にもっといろいろ聞いておけばよかった、母ともっといろいろな茶席に行きたかった、もし母が元気だったら、元気になったら、とばかり考えて、現実としては難しい理想を思い描きながらその場を乗り越えようとしていた。

母へお見舞いをくださった方々に一応の礼は尽くした。儀礼上のことはなんとかなるけれど、私に母の代わりを期待する人は物足りなさを感じているに違いない。母がお世話になっていた方にお会いしたとき、私と話しながら私を通して母を見ていることは明らかだった。「母が元気だったら」と考えずにはいられなかった。

冬過ぎて、花足早に舞い散って、新緑が日に日に緑を深めて、その隙間からの木洩れ日がまぶしくなる頃、私もようやく我に返り、母とコミュニケーションが取れないこれが日常と思うようになった。

どんなに頑張っても母を超えるどころか同じことさえもできない。母のことで私が泣いたり悩んだりしたら母が苦しむ。なぜなら人がどう思おうと、母はいつも味方でいてくれたし、私が楽しんで笑っていれば、何がそんなに楽しいの？　と言いながら母もニコニコしていた。

それはこれからも変わらないと思えたから「母が今も元気だったら」の思考はこの時点をもってストップさせようと決めた。どうしても考えてしまうことは今でもあるけれど。

母を通して繋がっていた方々と直に繋がれるようになり、そのことで得られたものは計り知れないほど大きい。母が私のことを人にどう話していたかなど考えたこともなかったのに、図らずも知ることができた。同時に、母の偉大さを思い知らされることになった。

偉大でありながら、世間知らずなところもある母に教えてあげたいことがいっぱいある。本当に不思議な人だ。

そんな母の顔だけ見たいと思っても、施設での面会は厳しく制限、時に禁止されて、会社から介護休暇を付与されても役に立たないときもあった。ようやく以前より面会しやすくなったけれど、これからどのように親孝行すべきだろうか。

「母が今も元気だったら」と考えることをやめたのは、そう考えることが私を成長させないとわかったから。後悔やないものねだりではなく、小さな成長を喜べる人生を私は選ぶことにした。

これまで私の人生はすべて私が選び、作り上げてきたと自負していたけれど、母と直接コミュニケーションできなくなってから、それがとんでもない間違いであることに気づいた。今の私があるのは、これまで出会ったすべての人、もしかしたら出会ったことのないすべての人のおかげであり、私の人生は母がくれたもの。私一人でできたことは本当に小さなことだけだった。

私一人ではとうていできないことも、組織にいればできると信じつつも、組織とは、私が本当に望む何かを実現できる場ではないことにも気づいた。無論これを承知してこれまでつとめてきたけれど、母のことがあってから、そして四十代最後の一年が始まってからはさらに、組織の中ではなく私でもできる小さなことで、私らしく何かしら世の中の役に立ちたい気持ちがどんどん膨らんでいる。私が本当に望むもの、それが何であるかは見えているようでいてまだぼんやりしている。

「母が今も元気だったら」という考えは持たないようにしているけれど、母が今も元気だったら必ず喜んでくれるような道があることは間違いないと信じている。

その道は未知で、希望に満ちている。

手鏡

栗原　暁

宝石箱の引き出しに、直径八糎《センチ》ほどの手鏡が入っている。黒地で裏側に桜の花が描いてあり、持ち手の所に「たえ」と記されている。

夫の母の名前である。

義母は大正の半ばに茨城で生まれ、同郷の義父と結婚して、東京深川で菓子製造業を営んでいた。

太平洋戦争が始まったので故郷へ疎開、以後は農民として送ることになった。

戦況はきびしくなり、疎開した人達が農業に携わるのは大変な苦労だったと聞いている。

そうした中で十人の子供を産み、みな無事に育て上げた人である。

夫の実家はいつも賑やかだった。

お正月など、孫たちも加えると総勢五十人近くになって、十畳二間をぶちぬいても座る場所に困るほどだ。

四男坊の嫁で子供は一人だけの私は、隅の方に小さくなっていた。

義父は私達が結婚して間もなく他界したので、中心になるのは義母の筈だったが、子供達は母とたいして話をせず、兄弟姉妹で近況を語り合っている。

義母は黙ってニコニコと見ているだけであった。細かいことは言わず、怒った顔も見たことが無い。夫に、

「穏やかな人なのね」

と話しかけると、

「あれで昔は怖かったよ。何かの時、『学校へ行きたくない』と言ったら、『行かないでいい。代わりにこうしておく』と言ってこの柱に縛り付けられたもの。学校が終わって、皆が帰って来るまでだよ」

と居間と廊下の間の柱を懐かしげに撫でた。

小さい頃は物が無くて大変な暮らしぶりだったという。戦後の混乱期に十人の子育ては容易ではなかったと思われる。

しかし義母から愚痴を聞いたことは無かった。

懐かしそうに昔の話をするので、

「大変だったでしょう」

と聞いたら、

「あの頃はみんなが大変だったから……」

と答えた。

私達夫婦は息子が高校生の頃から、社交ダンスを習い始めた。義母に話すと、

「そういうものは、やらないほうが良いと思うよ、子供が曲がると困るから」

と言った。

それ迄生活態度について意見めいたことは言われなかったので、珍しいな、と思ったが聞き流してしまった。

すると、逢うたびに、

「ダンス、まだ習ってるの、孫は大丈夫？」

と聞く。ダンスは不純なものだと思っているようだった。

私達はそれでもダンスを続け、息子が大学を卒業するとすぐに教師の資格をとった。

その前から教えていたので、間もなく生徒達が祝賀のパーティを開いてくれることになった。

友人、知人も沢山来てくれるという。

私はその席に義母を招くことを思いついた。

義母は長年の農作業で腰が曲がっている。髪も真っ白だ。

大勢の人の中へ出るのは嫌なのではないかと、少しためらったが、話してみると、「行く、行く」と笑顔で返事をくれた。

当日は沢山のお赤飯を炊いてきて、関係者一人一人に「お世話になります」と曲がった腰を更にかがめて手渡していた。

生徒達も（先生のお母さん、おかあさん）と優しく接してくれて、良い親孝行が出来たと嬉しい思いであった。

パーティが順調に進んで終了近く、ラストにデモンストレーションを踊ることになっていた私は、その前にメイクの手直しをしようと控室へ行った。

丁度義母が髪を整えているところだった。

「ちょっと顔直そうと思って」

バッグを探っていると義母が、

「これを使えば……」

と、自分が顔を写していた手鏡を差し出した。奇麗に磨かれていて良い匂いがした。

少し小さめだったが借りることにして、口許を直し、フロアへ出ていった。

会が終わっての帰り道、義母は、

「二人とも頑張っちゃったねえ」

と、話しかけた。

私達の取り組んできたものが、いい加減で無かったと判ってもらえた、と喜んだら、

「あんた達が先生になったのより、子供が曲がらずに育ったことの方が私は嬉しいよ」

と続けた。

十人の子が十人ともまともに育ったのは、この母の姿勢がもとだったのだ、と今更ながら思ったことである。

手鏡は、

「返さなくていいから」

と言われたので、そのままもらっておいた。

それから八年が過ぎて、義母は八十八才の祝いをして間もなく還らぬ人となった。

形見になった手鏡は、大切なものを仕舞っておく「宝石箱」に入れようと決めた。

私からいきさつを聞いた夫は、手鏡をじっと見つめていたが、暫くして、

「おふくろも女だったんだなぁ、今初めて気がついたよ」

と言ったのだった。

母の旅路

矢嶋　千佳子

無風で陽のささない路地裏。薄汚れ腐りかけた軒。湿った土間に続く広い板の間。その両壁は巨大な食器棚に占領されている。そこには人影も生気も無い。ただ冷えきった空気が重苦しく沈んでいる。

そこは昔、貸席と呼ばれていた店の台所だった。生まれたばかりの私をおぶって母は、かつて女学校で席を並べたその店の女将を訪ねていたのだ。

大きな町一番の老舗の一人娘として何不自由無く育ち、女学校を首席で卒業した母が、女学校を中退し貸席の女将となっていた級友に、お金を借りに。

奥から現れた女将の目の周りは紫色に腫れ上がりひどい顔だった。その前日、お抱えの女が逃げ、夫から「お前の監視がぬるいからだ」と折檻《せっかん》を受けたと言う。久し振りに目の前にする互いの姿に、人間としての誇りをもぎとられ、決して報われることの無い境涯を重ねたのだろう。

「佳代ちゃんも苦労するわね」と言うと、母へ金を貸した。その寒々とした台所には、生涯陽のあたらなかった悲惨な母のどん底があった。

18歳で女学校を卒業した母は、翌年、1枚の写真を見せられただけで、親が決めた結婚をした。相手は、金持ちの一人息子で甘やかされて育った父だった。父は、常に一獲千金の野心と事業欲が強く、結婚後、次々に、事業に手を出しては、失敗を繰り返した。

私が生まれる前まで、事業が順調であった時期もあったが、私が生まれる半年前に、家が全焼し、全てを失った。それ以降は、事業に手を出しては父は失敗し、母は、その借金返済の為に、寝る間も無く働き続けなければならなかった。

そのような過酷な境涯の中でも、母は4人の子供達に溢れる程の愛情を注いでくれた。私が寝る前等に、母は、よく本を読んでくれた。読んでくれる母の肩に、私は肩を寄せて、美しい話には共に感動し、哀しい物語には共に涙した。

銭湯の行き帰り、私は母の腕にぶら下がるように歩くのが好きだった。夜空を見上げて、母と共に北斗七星を探した。高く澄みきった夜空は、美しい宝石が散りばめられていた。

太陽が照りつけ蝉が賑やかに合唱する夏の日。路端の小さな屋台のかき氷屋で母と並んで食べたかき氷のおいしさ。小さなうどん屋で、母と分け合って食べた一杯の素うどんのおいしさを忘れることができない。

11歳の年に、私は姉から思いがけない真実を告げられた。物心つく頃から、既に家に出入りしていて、父の姉と思ってきた女性が、実は、父の愛人であるということ。姉から、そのことを告げられた時、驚きと共に、幼い頃から感じ続けていた家の狂った何かが分かった気がした。そして母が哀れに思えた。

父と母と子の縁に、もう一本の宿縁の糸が脇から絡みついていた。その糸は、父と母が結ばれて6年後に、その縁に絡みついて離れなかった父と愛人との宿縁の糸だった。

金貸し業と飲食店を営んでいた愛人は、本妻の母から父だけでなく、子供も奪わずにおれなかった。事業資金を借りたことから愛人関係になった父は、母よりも、子供達に、愛人をたてるように育てた。彼女は家の中で最も尊大であった。

文学や音楽や絵画を愛した純粋な魂のままの母より、花札に興じる愛人の方が、世俗的な父と、うまが合っただろう。父と母の人生観と価値観は、かけ離れたものだった。

その父に似た姉2人は、実の母より、父親の愛人とうまが合い、常に愛人の側についた。幼い頃から、その人に違和感を持って接していた私は、真実を知らされてからは、母が哀れに思えて、その人と距離を置いた。そんな私に激怒した父は私を撲《なぐ》った。傍らで、笑って見ていた兄姉達。もはや、正常な感覚が麻痺した家だった。

家には、母の権威も、発言力も、全くなかった。母が、父からひどい暴力を受けていても、私が小さい頃から、常に、止めに入るのは、年老いた祖母（父の母親）と、末子の私だけだった。襖一枚隔てた隣の室で、母が、父から、ひどい暴力を受けていても、平然として勉強机に向かっていた兄姉。父の乱暴は大変理不尽なものだったが、母が口応えした姿を見たことが無い。

母は、幾度か、父が作った借金返済の為に住み込みの仕事をしていた。小学生の私は母を訪ねたことがある。仕事の合い間、母は、私に歌を聞かせてくれた。

濁流の中に身を置きながら、母は死ぬまで、なぜ、その汚れに染まなかったのだろう。悲しく惨めな現実から、心を遊離させ、もう一つの理想郷を生きていたようだ。置かれた境涯と、理想のあまりの落差。心の中に、澄んだ理想郷を抱き続けることで浄化されて、現実に染められなかったのだろう。

14歳の年、父は、新しく手がけていた事業が失敗し、出奔した。残された母へ向けられた債権者達の凄まじい責め。或る夜、私は、連れていかれた母の場所をつきとめ入っていった。そこに、激昂し常軌を逸した債権者の妻から馬乗りになって打ち叩かれている母の姿があった。私は、たまらず「やめて下さい」と叫んだ。

突然入ってきた娘の叫びに、驚いたやくざ風の男が、私の前に立ちはだかり、私を、じっと見据えた。そして、いかつい顔をしたその男は、「肝がすわった娘だな」と言うと、他の者へ「もうやめろ。今夜は帰してやれ」と言った。解き放たれた母を、抱きかかえるようにして私は、灯の少ない夜道を帰ったのだった。

数ヶ月後、平然として帰ってきた父。母は黙って耐えていた。全く何も変わらなかった。高校に入るとまもなく、祖母が認知症になり、昼夜を問わず、徘徊するようになった。「そばに居ると、神経がまいってしまう」と言って、愛人の家へ、逃げてゆくことがふえた父。認知症の姑の介護を一身に負わされた母。身も心も、ボロボロになっていった母は、私に救いを求めた。

母の支えとなり盾となることを決めていたが10代の私は、自分の心の崩壊を止めるのが、精一杯だった。虚しさに心占められ、生きる気力を失いかけ、私は、庇護と、心休まる場所と懐を求めていた。

2年後、祖母が亡くなると間もなく母が倒れた。母は、既に心も体も、ぼろ雑巾のようになっていた。入院先から、私へ毎日のように送られてきた母の手紙。そこには、入院費の心配と、母の深い嘆きと哀しみが切々と書かれてあった。私の胸は、滝のように、涙が溢れ落ちた。私は、その後必死に働き、大学へ進み、自力で卒業した。

暗い叢林に、何本もの木洩れ陽がさし込んだ。血の繋がりを超えた温かい人達の励ましと支えが、再び私を立ち上がらせてくれた。

退院した母は、離婚を決意した。それは59歳にして初めての母の魂の覚醒であり、自立だった。母は父と別れ、私と共に生きてゆく道を望んだ。

私と暮らし始めて、母の魂が蘇生されたようだった。ポール・モーリアの曲を愛し、私と共に洋画を見に行き、山本周五郎の作品を愛読した母。そして私は幼い頃から希求し続けた真実味のある情愛深い夫とその肉親を得た。

私の幸福な結婚を見届け亡くなった母。生涯純粋さと優しさを失わなかった母。もう母の声を聞くことも会うこともできない。母の死で私は、初めて、その息が詰まる現実を知った。

吹きつける激しい無情の雨を凌ぐ軒下を持たなかった母の生涯。荒涼とした路を歩まなければならなかった母の生涯を思うと涙が落ちる。「秋桜が一番好きなの」と言っていた母。暖かい陽ざしを受けて、路端の秋桜が、初秋のやさしい風に揺れている。

私の人生

牟田　勝美

私は、中国の東北にある遼寧省で幼少期を過ごし、母に育てられた。父は私が幼い頃に日本に出稼ぎに行っていたため、私は十二歳まで母と二人で暮らしていた。しかし、ある日、父が突然帰ってきて、母に離婚を告げた。経済的な事情から、私の親権が父側に移り、母との別れを余儀なくされた。母は悲しみに暮れ、「勝美、日本に行っちゃうよ」と私に告げた。

それから、日本に行く前の何日も、母は落ち着かずに、「勝美が日本に行っちゃうからね」とひとり言で呟いていた。ときは冬を迎える末秋で中国の東北の冬は極寒の世界であるため、「きっと、日本の冬も寒いだろう」と母は、私が寒さに耐えられるように、編み物上手な母は自分で手編みのセーターを作り始めた。

セーターをつくるのに普通は二週間程度かかるが、母は私が日本に行く日に間に合うため、不眠不休で作った。やっと私が日本に行く日の朝にセーターを渡され、「ごめんね、急いでたんで、よくできてない。福岡に行ったら、寒さに気を付けてね」と号泣した別れだった。

私は、母の手作りのセーターを胸に抱き、涙をこらえながら空港に向かった。飛行機に乗り込み、母が手を振って見送ってくれるのを最後に、東北の故郷を去った。福岡に到着した私は、孤独な日々が始まることを実感した。

最初の数か月は、言葉も通じない環境で苦労した。学校での生活は孤独で、家でも親しまれていない家族と話すともほとんどなく、自分の心を閉ざしてしまった。しかし、母が編み物で作ったセーターは、私にとって暖かな友達のような存在だった。私はそれを毎日着用し、自分を守ってくれるかのように感じた。

ある日、私は、セーターが破れたことに気づいた。一人部屋に閉じこもり、号泣した。それに気づいた同居している祖母が「セーターが破れたことは悪いことじゃないよ。それは、あなたがこれまでどれだけセーターを愛していたかを表しているんだよ。私が直してあげるから、安心してね」と言った。

祖母の優しさに触れた私は、家族とコミュニケーションをとるようになり、学校にいても明るくなり、少しずつ友達もできていった。

日本に来て、もう十年の月日が経ち、私は大学進学を決意して東京に引っ越した。どこに行っても、セーターを大切にし、母の思い出を常に心に留めている。セーターをもはや着ることができない今でも、私にとってそれは家族と繋ぎであり、永遠に大切なものである。

母への手紙

相馬　一心

何年も何年も待ち続けた孫を抱いて涙するあなたを見て、僕はあなたにしてきた数々の親不孝を思い返して、胸が締め付けられるようでした。

あなたが僕を産んでくれたのは、40年前のお盆でした。酒癖の悪いお父さんから毎日のように泣かされていた22歳のあなたにとっては、僕と2年後に生まれてくる妹の成長だけが、心のよりどころだったと後に何度も聞かせてくれましたね。あれは僕が1歳の時でした。おばあちゃんに預けられていた僕は、おばあちゃんがちょっと目を離した隙に家を出てしまいました。当時のことは覚えてないのですが、田植えをしているおじいちゃんに会いに行こうとしたらしいですね。

田んぼがどこにあるのかもわからずに出て行った僕は、当然迷子になってしまいました。僕が迷子になったと知らされたあなたは、血の気が引いていくのをはっきりと感じたんですよね。あなたがどんな思いで僕を探していたのかと、想像するだけで苦しくなります。迷子になってから3時間後、家から2キロ離れたダムの橋で眠っている僕を、ダムの職員が保護してくれたので一命を取り留めました。

もしもあのとき、僕の身に万が一のことが起こっていたら、あなたは自ら命を絶つつもりだったと言っていました。それだけあなたにとって子育ては命がけだったんですね。

あなたは何よりも子供のことを最優先に考えてくれるお母さんでした。僕が小学1年生の時、珠算検定5級に合格しました。

5級は簡単な検定なので、周りの友達も皆合格でした。それでもあなたは「よく頑張ったね」と言って、その町の一番高いケーキ屋さんでケーキを買ってきて祝ってくれましたね。

ケーキを頬張る僕を、あなたが優しく微笑んで見ていたことを今でも覚えています。

小学2年生になると近所の友達が犬を飼い始めました。僕は犬に触りたくて、いつも友達の家に行っていました。僕も犬を飼いたかったけどそれは無理だと子供心にわかっていました。何故なら潔癖症気味のお父さんが、犬を飼うことを許すわけがなかったからです。

そんなある日、妹と公園で遊んでいると、車に乗ったあなたがやってきて僕たちを呼びました。そして助手席のドアを開けるように言いました。ドアを開けると、ドアとシートの隙間にポメラニアンの子犬が乗っていました。

僕が子犬を抱きかかえると、「この子はこれから家族になるけん、仲良くしてね」とあなたは言ってくれました。僕たちは犬を飼えることがたまらなく嬉しくて、すぐに公園で子犬と遊びました。やがて日が暮れて家に帰ると、お父さんの大声が飛び込んできました。恐る恐る居間を覗くと、黙って犬を買ってきたあなたのことを、お父さんが仁王立ちで怒鳴っていました。あなたは、「あの子たちのためにも犬を飼うことを許してください」と、土下座をしながら何度も何度も懇願していました。その結果、あなたの気迫に負けたお父さんが折れて犬を飼うことが出来ましたね。

普段は物静かなあなたですが、僕と妹を連れて公園に行くと、時々花冠を作ったりして少女のようにはしゃぐときがありました。僕はそんなあなたが大好きでした。だから、酔っぱらったお父さんから殴られて泣いているあなたを助けられない自分が悔しくてたまりませんでした。「いつか強くなってお母さんを助ける」と、お父さんがお酒を飲むたびに思ったものです。中学生になると部活は迷うことなく柔道部を選びました。柔道を身に付ければあなたを守れると思ったからです。

でも僕はバカですから、柔道を少しかじっただけで強くなったと勘違いをして、ケンカで使うようになりました。段々と不良グループとつるむようになり学校もサボりがちになって、この頃からあなたにも反抗的な態度をとるようになりましたね。なんとか高校には進学したものの、くだらないケンカが原因で半年で退学になった僕。「どんな学校でも構わないから高校だけは卒業してちょうだい」と、涙ながらに訴えるあなたに、僕はひどい言葉で罵ってしまいました。退学になってからは、建設現場の作業員や新聞配達などのアルバイトをしましたが、どれも長続きはしませんでした。ろくに仕事もしないくせに散々遊びまわって、お金が無くなるとあなたに無心する有り様。それでもあなたは、僕が夜中家に帰ると、ご飯を作っていて、洗濯物をきちんとたたんで僕の部屋の前に置いていてくれました。変わらず無償の愛を注いでくれているあなたに、僕は「ありがとう」の一つも言いませんでした。20代になると、それまで一緒に遊んでいた友達が定職に就き結婚をするようになっていき、フラフラしているのは僕だけでした。ある夏の日の夜、友達と居酒屋で飲んでいた僕は、酔っぱらった勢いで他のお客さんと大喧嘩になって逮捕されました。拘留されている僕に、あなたは毎日面会に来てくれましたね。車で片道3時間はかかる警察署に毎日来て、手錠をかけられている息子の姿を見るのは本当に辛かったはずです。逮捕から3週間、釈放された僕は、あなたのことを裏切り続け、好き勝手なことばかりやって来た愚かな自分に、ようやく気が付いたのです。そして僕は決意しました。「立派な大人になってあなたに恩返しをする」と。このときから僕は、行政書士の勉強を始めるようになりました。僕が行政書士という法律系の国家資格を選んだ理由は、学歴に関係なく受験資格があって、前科持ちでも資格を取得することが出来るからでした。参考書や六法全書を買ってきて、本を開いてビックリしました。知らない漢字が多すぎて全く読めないのです。だから最初は法律の勉強というよりは漢字の勉強でした。不慣れな勉強が嫌になって投げ出しそうになったことも一度や二度ではありません。あれは5度目の不合格の時でした。どんなに頑張っても結果が出ない苛立ちで、それまで止めていたお酒に手を出してしまいました。その翌日、激しい二日酔いで寝込んでいる僕に、あなたは水を持ってきてくれました。「まだあなたに迷惑をかけてるじゃないか」そう思って、僕はふさぎ込むことを止めたのです。7度目の試験でようやく合格したとき、あなたは自分のことのように喜んでくれましたね。行政書士になって、あなたを食事や旅行に連れて行けるようになったときは、「人並みの親孝行ができるようになった」と思いました。ある母の日に、何が欲しいか僕はあなたに聞きました。あなたは「孫を早く抱きたい」と言ってましたね。だから、孫を抱いて泣いているあなたを見たとき、僕は親孝行をしていたのではなくて、親孝行の真似事をしていたのだと気づかされました。

ようやくおばあちゃんになれたあなたに、これからは本当の親孝行をしていきます。そのためにも、どうか長生きをしてください。

僕が親孝行を終えるまで絶対に死なないで下さいね。

かみさんと俺

鈴木　晴彦

結婚したのは33歳の春だから一緒に暮らし始めて30年以上になる。同じ亥年生まれでお互い少し肥満気味。不思議と知り合ってすぐ、遠慮なく本音で話せる間柄になった。ただ、口喧嘩では強気で頭の回転が速いかみさんに、俺はいつも言い負かされる。かみさんと俺の言い合いを脇で聞いている知人は、「お前らのやりとりは漫才だな」と呆れ顔で笑う。

結婚当初、「子供は自然に授かる」と思っていた。両親を早くに亡くした俺は「にぎやかな家庭を作りたい」と思っていた。ところが、1年過ぎても子供は授からない。「不妊」の2文字が頭を過《よぎ》る。かみさんは専門書を買い込んで「排卵日」を計算し、試してみた。でも授からない。2年が経過して35歳になろうとしていた頃、意を決し不妊治療で有名な県内で一番大きな大学病院を訪ねた。車で高速道路を乗り継ぎ約1時間30分。担当医の話を聞いて本格的な不妊治療を開始した。最初は人工受精。「排卵時に合わせ、子宮の入口から管を入れて精子を子宮内へ直接注入する」方法だ。かみさんは排卵予想日の2、3週間前から、仕事を終えた後、車で約30分の大学病院と提携している個人経営の産婦人科医へ通い、排卵誘発の注射を打った。注射の時間はバラバラで、午後9時の時も真夜中の時もあった。

人工授精の日。大学病院に着いた後、かみさんは診察室へ、俺は精子の採取に向かう。

「これに採取して下さい。採取したら声を掛けて下さいね」

看護師から白い布に包まれた透明のガラス容器を手渡され、二段ベッドの布団の上に毛布やタオルケットが乱雑に置かれた薄暗い医師の仮眠室へ案内され精子を採取する。

かみさんと俺は年に2、3度のペースで、同じ手順で人工授精を繰り返した。だが「期待」して臨んだ後には、いつも大きな「落胆」が訪れた。

「旦那さん（の精子）は、数はあるが動きが悪い。（不妊の）根本的な理由は分からない」

担当医から説明され、不妊治療から2年が経過した頃、人工授精より妊娠の確立が高いという体外受精に切り換えた。体外授精は「卵子と精子を体外に取り出して受精を行い、培養した胚を子宮内に移植する」方法だ。ある日、いつものように医師の仮眠室で精子の採取を終え、卵子を取り出してベッドに横たわっているかみさんのもとへ行くと、

「なんて顔してんの！（卵子が）7個も取れたって。形の良い3個を受精させるって―」

と叱られた。俺が相当、ゲッソリした顔をしていたらしい。かみさんは俺より数倍、辛

いはずなのに、いつも明るく前向きだ。

だが、体外受精も「期待」と「落胆」が続き、不妊治療を始めて5年の歳月が流れた。

「このままでは無理かもしれない。思い切って病院を変えてみるか？」

かみさんと俺は40歳を前に、治療先を民間の著名なクリニックに変えた。でも、またしても「期待」と「落胆」の繰り返しで、あっという間に1年が過ぎた。

そして、何度目かの体外授精の後、かみさんが突然、原因不明の高熱に襲われた。40度を超えていた。俺は「会社を休め」と叱った。でも、かみさんは耳を貸さず、熱の下がらない日が1週間ほど続いた夜、仕事で家を空けていた俺のもとに、かみさんが総合病院に緊急搬送されたという連絡が入った。急いで駆け付けると「腹膜炎」で緊急手術だという。仕事を続けながら6年以上もの間、不妊治療を続けてきたかみさんの体はボロボロだった。

「もう、いいんじゃないか」

緊急手術を終えた後、俺はベッドに横たわるかみさんに話し掛けた。かみさんは何も答えない。しばらくの沈黙の後、

「今まで大体のことは努力して実現してきたけど、世の中には、どんなに頑張っても叶わないことってあるんだね」

かみさんは天井を見つめ、少し肩を震わせ独り言のように呟いた。俺は黙ったまま、かみさんの手を握る。その日、かみさんと俺は「不妊治療」から撤退した。

あれから23年、2人とも還暦を過ぎた。振り返れば不妊治療を止める決意をした日を境に、かみさんと俺は「子供のいる家庭」から「2人で生きる人生」に大きく舵を切った。ただ、2人の人生だが2人だけで生きているわけではない。昨年7月、かみさんは脳内出血で倒れ緊急手術し、「失語症」の後遺症を抱えリハビリの日々を送っているが、周りにはいつも親類や友人、知人がいて、日々、助けられ生かされている。「子供のいる家庭」は持てなかったが、夫婦2人の人生もまんざら悪くない。素直にそう思う。思い通りにならない現実を受け入れ、でも歩みを止めず前を向き、「あー、おもしろかった！」と笑って人生を終えることが出来るよう、これからも「行けるところまで行く」の気持ちで暮らしていきたい。

深夜救急小話

内海　治

緑トリアージ。ありふれた患者だった。

災害など、多数傷病者が同時多発的に発生した際、迅速に治療を開始する患者を選別する目的で、救急受診した患者は重症度に応じ黒、赤、黄、緑に分類される。緑トリアージは脈拍や血圧などの生命徴候から軽症と判断された患者で、当然来院患者のうち最多となる。東日本大震災から四か月、街の機能は概ね正常化しつつあるものの、医療機関の機能回復は遅れ、宮城県北沿岸部の救急病院〝伊寺水門《いしのみなと》医療センター〟に集中した。それら患者の診療は、もっぱら卒後年数の短い若手医師が行う。つまり、本日の当直者、医師3年目の内海の役割であった。

「内海先生、4歳男の子、発熱と鼻水を主訴に来院です。軽症そうなので、緑ですけどね。そこまで辛くなさそうだから、夜中3時にわざわざ病院に来なくても、家で休んでいた方が良いと思うのですが。とにかくさっと診て下さいね」

当直看護師坂本は予診内容を聞くと内海に伝えた。

「はい。分かりました。」

内海はクラクラするような眠気をブラックコーヒーで流し込み、診察室へと向かった。

「若生健斗君、6番診察室へお願いします」

「はーい。お父さん呼ばれたよ」

内海が待合室に声をかけると、健斗君は走って診察室までやってきた。体温37・8℃、脈拍124回、酸素飽和度は問題なく、走って診察室に入ってきたことを考えても、坂本さんの評価とおり軽症だろう。付き添いはお父さんのみのようだ。

「健斗君はいつから具合が悪かったのかな？」

「……」待合室では、とても快活そうにしていた健斗君は、質問されるととても困ったようすでモジモジするばかり。

「昨日くらいから何となく具合が悪そうな感じはあったのですが、夕方は熱がなかったから様子を見ていました。でも、夜一緒に寝ていると鼻水を出していて、測ってみたら熱があったので病院に連れて来ることにしたのです」

「避難所で生活されていますか？」

「いいえ、今は私の実家の離れで暮らしています」

「通っている幼稚園や保育園で熱を出している子がいるとは聞いていませんか？」

「いいえ、特にそのようには報告されませんでした」

「そうですか。では、同居されているご家族、特に、もしいらっしゃれば兄弟などでお熱を出されている方はいませんか？」

「いいえ、健斗と二人暮らしで、私も風邪症状は出ていません」

内海は頷きつつ、カルテ記載を進めた。

「健斗君は今まで何かの病気で治療されたことはありますか？」

「ありません」

「予防接種は予定通りに接種しました？」

「……。う～ん。たしかちゃんと打っていたと聞いたと思います」

カルテ記載を進める。次は診察だ。

「健斗君、うーたんとワンワンどっちが好きですか？」

「健斗はもう子供じゃないからいないいないばあ見てない」

小さい子供に人気のキャラクターの名前を出し警戒を解く内海の伝家の宝刀は、健斗君の小さな自尊心を傷つけ、今夜は不発どころか逆効果だった。このような時、母親が笑ってくれることが殆どなのだが、お父さんは無言でにこりともせず、子供率直な言葉に困惑しているように見えた。

「じゃあもしもしさせてもらっていいですか？」

子供の嫌がりにくい聴診から開始し、頸部の診察、咽頭、耳鏡を使った鼓膜の診察と進めていく。一連の診察を健斗君は素直に受け入れてくれた。

「のどが少し赤いようですね。鼓膜は大丈夫そうなので、中耳炎にはなっていないようです。現時点では風邪と考えて良いと思います。熱さましと、のどの痛みを取る薬を出しておきますね。数日待ってもお調子が良くならないときや、何か気になることがあったらまたお越しください」

「ありがとうございます」

お父さんは内海に短く礼を述べ、健斗君の手を握り、診察室を出る準備を始めた。

小児の診察では、家族、特に母の話をじっくり聴くことが必要だ。これは、家族の話の中に診断のカギが含まれているということもあるが、病院受診には表面上のやり取りからでは分からない真の受診理由があることも多く、それを話の中から推測することが重要だからだ。この父子はどうして夜中に救急外来に来たのだろう。救急外来の小児受診では、色々と心配しがちな母親に連れられ、父親も渋々受診に付き合っているという構図が深夜救急外来の定番なのに。今は父子家庭のようだが、健斗君の屈託のない様子やお父さんの話し方からは、両親間のトラブルの匂いはしない。内海は、ふと気になったことを聞いてみることにした。

「震災の時は大変だったのではないですか？」

内海は診察室のドアを開こうとするお父さんに声をかけた。

「ええ。妻と娘が津波で亡くなりました」

お父さんは一瞬の硬直の後答えてくれた。震災の日、若生家では2歳の娘が熱を出した。共働きの若生家では、子供の熱発《ねっぱつ》は一大事。保育所では病児預かりは対応出来ず、母が仕事を休まねばならない。娘を病院に連れていくか悩んでいた妻に対し、「どうせ熱さましもらうだけだよね」と答えたのが最期の会話だった。一家のうち、出勤していた父と、いつものように幼稚園に行った健斗は無事で、海辺の家にいた妻と娘は津波に飲まれたのだった。二人は今も見つかっていない。そのため、今夜の健斗の発熱は、父にとって不吉な予兆のように思えたのだった。

「そうでしたか。伺ってしまって申し訳ありませんでした」

「いえ、先生。ありがとうございました」

まだ何か言いたそうな様子であったが、上手く言葉に出せず、また健斗君に帰宅をせがまれるので、内海に深く一礼し、お父さんは診察室を後にした。

「処方ありで帰宅の方針です」

カルテを坂本看護師に渡し、事務処理をお願いする。

「わかりました。風邪ですよね。やっぱりこんな夜中に来る必要はないと思いますね」

批判的発言とは裏腹に、坂本は待合室で健斗君とハイタッチし、父子を受付に案内した。

必要ない。坂本さんの言っていることは正しいだろう。医学的観点から考えれば、家で休養をしておくことが最適解かもしれない。ただ本当に価値はなかったか。突然の災厄で支えあうべき人を亡くした父と、少しでも心配を共有出来たのなら、医療としての価値はあったのではないだろうか。

震災後、内海にはやりきれない思いが残っていた。震災で発生した大勢の重症患者に対応し、救えた命は多くある。しかし、震災前の医療水準であれば粘り勝ち出来ていた患者の多くは、物資が乏しいために治療を完遂出来ず死亡した。それを思うとおのが無力を思わずにはいられなかった。ただ、今日は少し良いことが出来たかもしれない。

「内海先生次の方をお願いします」

坂本さんからカルテを渡され、診察室に患者を招く。様々な思いとともに、今日も患者がやって来る。気づくと窓の外はほんのり明るくなっていた。

この美しき滅びの庭

高瀬川　麻美

タクシーは三千円で私を駅から実家まで送り届けてくれた。降ろした鞄のとってを握りしめて長い私道を辿りながら、思い出深い生家を寂しく眺め渡して門に向かう。かつては昼も夜も開けっ放しで、来るものは誰も拒まぬ大門であったが、今は内側から太い門を通してしっかり閉めてあり脇くぐりの鍵を使って入らねばならない。家を出て何年経とうとも里帰りする時はいつも、大きく開いた大門の行く手に賑やかな人声と温かな雰囲気がこの家には用意されていたものだったが……。

母が逝って半年。兄弟にも親類にも連絡せず初めて私は半日かけて一人で無人の実家に帰って来た。家に入るより先に私は、ぐるりと前庭を迂回して西の庭の取りかかりに立つ。この庭は特別誂えの上質瓦を載せた白壁の土塀で仕切られ入口を示す冠木門には両開きの戸が付いていたが、いつからか壊れてしまい腐った柱の根元すら消えてしまった。

後年名うての極道者といわれた祖父が巨費を投じて作らせた庭園の話である。

「ここいらの人の心は貧しいのう。大きな家は作っても庭を造る心のゆとりは無い奴ばかりだ」と悪たれていた若い祖父は、女遊びのうつつから一転して、〝ゆとり〟とやらを証する為に庭造りに邁進し始めたのであった。一旦欲しいと思ったらこらえ性がなく、頭を擦り付けんばかりに懇願して娶った女房がありながら、一年も経たないうちに飽きた玩具を抛り出すようにして、隣町の芸者に入れあげ始めていたので、親たちは喜んで庭造り案に賛成したらしい。

県下の有名庭師と二人の弟子には宿泊と酒食を提供し、一番風呂に招じてのお客様扱い。近隣からも数人の土掘りを雇って長期の土木工事となり、さすがの親たちも黙視することはできなくなってきた。とにかく祖父は事前に旧藩主邸の庭園を二か所も見学したりして、しっかり目線を上げている。ヤルからには目に物見せたい人柄なのである。やっと一年半かけて完成させたが、親たちの必死の牽制で計画の三分の二の規模にしかならず、祖父にはかなりの不満が残ったらしい。しかしその評判を伝え聞いた物好きたちが、遠方から弁当持ちで見学や鑑賞に来始めると、忽《たちま》ち得意満面の彼がカネに糸目をつけず応接をするのに誰も歯止めがかけられなかったという。

祖父は、中国の古い話にある「門ばかり高い家」の事を嗤っていた。にも拘らず、自分も同様に庭ばかり法外に立派なものにして、おこがましくもそれに『拙裳園《せっしょうえん》』という名さえつけていた。この地からズッと奥の方に七百メートル程の山があり、「その裾にあるつまらない庭」という意味ででもあろうか。謙遜の裏が見え見えのネーミング。本箱に並んでいた漢籍からでも拾い出したのだろう。そのうち来訪者が減るに従って、祖父の庭への熱意も次第に剥落していった。そして彼は、庭の中にぐるりと廻《めぐ》らした泉水の中島に鎮座する五葉松の傍らの石に胡坐をかいた自身の記念写真を一葉残しただけで、今度はグンと趣を変え隣町の妾の家の前にデンと銀行を設立してしまった。

その名を「独歩銀行」といい、ネーミングこそ頼もしいが在り様は金貸しに毛が生えたようなもので、取り巻きのおだてに乗って金融界に進出した気だったのだろう。勿論この男、分家してから四代目にして初めて生まれた男子だったから、一家一族あげての喜び、猫かわいがり、甘やかし、与え放題で、金など湧いて来るものと思ったのも無理無いことであった。この独歩銀行はすぐに目いっぱいまで貸出してしまったのに、大口の預金者や出資者が続かず、勿論貸した金はなかなか回収できない実情だから二年足らずで焦げ付き倒産。どれ程馬鹿な親だってこれ以上つぎ込む現金も愛情もついに底をついてしまった。

三代かかって営々と身を粉にして働き、ようやく一寸した分限者と認められ、本家も凌ぐようになったこの頃であったのに……。ここで気丈な曾祖母がとうとう鬼になって一人息子を準禁治産者として届け出てしまったのだ。南に面した大門から左右に流れる白壁の塀越しに、見渡す限りの田地田畑は隣の集落までにも及び、我が家の権勢を誇っていただろうに、彼女はその半分を叩き売って出資者に弁済をすませたという。

ここに至って気位ばかり高くて極めて気の弱い祖父は、幾ばくかの残金を懐にして何もかも投げ出し一人で大阪に逐電してしまった。事後の彼については又一編の物語もできようが、さし当たっては庭の問題である。哀れな親たちはそれでも年に一度は庭師も入れ、自分たちでも入念な草ぬきなど手入れを欠かさず息子の意を継いで長い年月を立派に維持してきた。その祖父のたった一人の息子である私の父も、小作を使って農業収益に依存したり山林経営をしたりする地主生活を好まず、陸軍軍人になってサッサと故郷を出てしまったのだ。

いよいよ大戦も終末的になってきた昭和十九年の年初に、赴任先の都市から家族をこの実家に連れ帰った父は、すぐさま南方戦線に派遣されて行った。母にとっては不満な生活環境ではあったろうが、反面贅沢を言わなければ食糧にはそれ程事欠かず、空襲の恐れも少ない平穏な田舎暮らしを私たち子供は楽しんだ。町暮らししか知らない我々にとっては、公園付きのようなこの住まいが珍しく面白かった。庭境の冠木門をくぐるとすぐ右手に五重塔の形に刈り込まれた金木犀の高木が芳香を放ち、日月の窓をうがった石灯籠を従えて迎える。築山への上り口には腰あたりまでの庵治石《あじいし》を門柱のように据え、足元にくちなしが群がる。杉苔《すぎごけ》を踏みつつそぞろに上がれば両側を斑入《ふい》り、絞り、咲き分けなど変わり咲きもまじるサツキとツツジに囲まれてしまう。頂上に上れば枝ぶりも凛々しいクロマツに春モミジがそっと寄り添って、その脇からは真白な垂直の大岩が泉水に流れ込む瀧を表している。泉水の水の為には水利費を払って水道管を引き込み、ドイツから輸入したという大鯉が時々水面の虻を狙って跳び上がったりする光景も見えた。

北に目を転じれば中島に渡る一枚石の平橋と正面には反り返った太鼓橋が目を奪い、屋敷との境界を劃《かく》す三本桜の間をうめるように泰山木《たいざんぼく》の瑞々しい緑に大きな白い花がまぶしい。一方、椿の庭とも呼ばれたこの庭にはあらゆる種類の椿と、まだまだ語り尽くせない自然と人工の美しさが溢れていたものだ。

私が六才で帰った頃には祖母を残して老人はもう誰も存在しなかったし、いたずら盛りの子供たちは遠慮会釈なく木に登り枝にぶら下がり、むしり、ちぎり、木の実をはたきおとすなど、乱暴狼藉の限りをつくしたがついぞ叱られたことはなかった。祖母にとっては誇れる庭ではなく恥の庭、恨みの庭であったのだろう。翌年戦争がおわると、父の失職どころか農地解放という怪物が我が家を飲み込み、むしろそれから食べ物などに不自由し始めた。地主というものがどれ程悪かったのか、クラスメートの父親で国鉄に勤めている男が、日曜日ごとにうちの前の道に立ち、メガホンをこちらに向けて弾劾の演説をするのが悲しかった。

今すでに私は長い人生を閲《けみ》し東京住まいも三十年になるが、子供時代の十年余を過ごしただけのこの家この庭がいつまでも脳裏を離れない。目を閉じると満月に照らされ、瀟々と雨に濡れるこの庭が浮かび上がる。住む人見る人誰もなく、低木は八重葎《やえむぐら》に覆い尽くされ、片や高木は立ち枯れ折れ曲がり荒れすさんだ庭に幽鬼の如く立つ。まさに廃墟そのものの姿である。

槿花一朝の夢、盛者必衰、諸行無常などの言葉が去来して感傷を禁じ得ない。

せめてこの小文が、むかしむかし美しかった滅び行くこの庭の、鎮魂歌ともなればと願いつつここに記す。

だるま

田中　栄一

48歳になり、会社を退職した。

長年勤めてきた番組制作会社を昨年のクリスマスに去り、正月の訪れとともに自分の会社を立ち上げた。なんの会社を始めたかというと、この年齢で新しいことを始める能力もなく結局、番組の制作会社を始めた。

私には妻と二人の子どもがいる。妻と私は同じ高校の同級生で、就職後の同窓会で再会し付き合うことに。正確には妻は同窓会に来なかった。「なんで来なかったの？」という私の連絡から交際が始まり、その二年後に私たちは結婚した。妻は工事車両などを貸し出す会社で働いている。そして二人の子どもは、子どもといってももう高校生だがそれぞれの青春を謳歌している。長男は私と違い勉強ができ、次男は絵画など芸術分野で優れた才能を発揮していた。この先大学へ進学するであろうことを考えるとまだまだ稼がなければいけない状況にあり、退職後のちょっとした休暇も許されなかった。

番組制作の仕事は企画の立案、台本書き、ロケの下見、ロケ、編集と多岐にわたる。やりがいのある仕事ではあるが熱が入りすぎ、一人で様々なことを抱え、抱えきれなくなり長年勤めた会社を辞めた。

新会社を立ち上げ、初めて持つ自分のオフィス。場所として選んだのは私が子どものころを過ごした実家だった。木造二階建て住宅。築四十年以上。この家で小学時代、中学時代、高校時代、専門学校時代を私は過ごした。私には五歳年上の姉がいていつもくだらないことで喧嘩をしていた記憶がある。最後の苺は誰が食べる、テレビのチャンネル争い、そんなくだらないこと。そして喧嘩をおさめるのは「いい加減にしろ！」の雷のごとく頭上より響く父の一声だった。「まぁまぁ」と優しく仲裁に入るのはいつも優しい母の役目。いまでは七十になる両親。この二人がこの家の主だ。数年前に始まったコロナ禍により実家からは足が遠のき、年に数回顔を見せるに留まっていた。第二の人生のスタートとばかりに実家の二階に構えたオフィス。このことで私は知ることになる。この数年で父が普通に歩けなくなるほどの病を抱えていたことを。

足を引きずって歩く父。話を聞くと足に痛みがあり長い時間歩けないとのこと。元々、父は糖尿病を患っており、その影響で足の先の血液の循環が悪くなっているということだった。足先を見ると色が黒く変色し傷口が開き痛々しかった「大丈夫大丈夫！」と笑顔を見せる父。「まぁ年齢も年齢だしな」という父の言葉でその場の会話は終わった。そしてその夜。二階で作業している私の部屋に父の悲痛な叫びが聞こえてきた。

「痛い！」

オフィスの下は風呂場。丁度母が父の足を洗っていた。石鹸や水が傷口に染みるらしく、その痛みは大の大人が叫び声をあげるほど。

しばらく会っていない間にこんなことになっていたなんて。この数年を両親がどんな気持ちで過ごしてきたのかと思うと胸が苦しくなった。

父は元々鹿児島の生まれでとても裕福な家に暮らしていたらしい。しかし、いろいろな大人の事情がありその全てを失ったとか。体力には自信があり国体の選手候補にも選ばれたことがあったんだそうだ。その後、東京の大学へ進学し、母と出会った。母は静岡の山の手の生まれでお嬢様だったらしい。私の子どもの頃の記憶によれば父は厳しく母はとてもやさしかった。父は学校の先生だった。父は礼儀にはとても厳しく「飯の時は正座」「テレビを見ながら食事するな」「人に迷惑をかけるな！」と私たち姉弟を叱った。当時の父は常にギラギラしていた。世の中に怖いものが無いと言わんばかりに肩で風を切っていた父。その父が今、病気と闘い苦しんでいた。

私の部屋には大きな緑色の「だるま」がある。独立独歩、生涯現役、と書かれた大きなだるま。会社を退職する時に部下から送られたものだ。「こんなでかいものどこに置くんだよ」と部下に言いながらも心の中は嬉しかった。いざ部屋に置いてみるとすごくしっくりくる。その風格はまさに守り神。

ありがたいことに一か月、二か月と順調に仕事をする日々。信用を失わないために必死に仕事をした。そんなある日、妙なことに気づいた。

「だるまが、少し黒ずんでないか？」

鮮やかな緑色だっただるまに少し黒ずみが出てきたことに私は気づいた。カビを疑ったが季節は冬。気のせいかと再び仕事に励んだ。

四月になり父は車いすに頼るようになった。

夜中に転倒し立ち上がれなくなることも増えた。父の病気は進行している様に思えた。だるまの黒ずみも増してきている。

五月。家の中のそこかしこに手すりが付いた。父は一人で歩くのが困難になってきた。父は一日椅子に座り、下を向いて過ごすようになった。だるまは日を追うごとに黒ずみが増していく。父の病気の進行を象徴するように。

五月の中頃。父と喧嘩をした。転んだ時に一人で立ち上がれない父のために、簡単な介助で起き上がることができる道具を提案したのだ。私が家に居ないときに転んだら抱き起こせる人がいない。これなら母でもできる。

「いらない」

父は拒否した。「一人じゃ起き上がれないじゃん」と説得するも首を縦に振らない父。「じゃあいいよ！　勝手にしなよ」と私はその場を離れた。振り返ると父は寂しそうに背中を丸めて下を見ていた。きっと父は衰えていく自分を認めたくないし見せたくないのだと私は理解した。そして悲しく、寂しく思った。

肩車をよくしてもらったあの頃を最近よく思い出す。父はあのことを覚えているだろうか。

五月も終わろうとしていたころ、急ぎの仕事に追われオフィスで徹夜の作業をしていた。すると、ドアをノックする音と共に母が現れた。「あれ？　まだ仕事してたんだ。洗濯物干させてね」。二階のオフィスからはベランダに出ることができる。母は毎朝晴れの日はベランダに洗濯物を干していたらしい。いつも自宅へ引き上げる私は知らなかった。洗濯物を干し終えて部屋に入る母。すると。

「お父さんの足がよくなりますように。みんなに良いことがありますように。よろしくお願いしますね」

母はだるまに向かいこう話しかけ、何度もだるまの体をさすっていた。何度も何度も。だるまの黒ずみの正体は母だった。来る日も来る日も父の全快を願いだるまをさすっていたのだ。母は毎日、痛がる父の足を洗い、父の食事の準備をし、お風呂にも入れる。天気のいい日には父をドライブに連れ出したりもした。

献身的な母の思いがだるまを染めていた。私は恥ずかし気もなく声を上げて泣いていた。

人生にはいろんなことが起きる。
入社、結婚、出産、退職、起業、介護
その全ては人生という名の物語。

まだこの物語にどんな結末が待っているのかわからないけれど、しっかりと見届けたい。

だるまをさする人間が増え、黒ずみに拍車がかかる。それとともに父の笑顔が最近増えたような気がした。

私は十八歳

りこ

「私の将来の夢は世界を変えることです！」

授業参観で高らかに響く小学四年生の私の声。ざわめく保護者、先生、クラスメイト。

「ど、どんなお仕事で世界を変えたいのかな？」

先生が私にぎこちなく微笑んで質問する。

「わからないです！」

九歳の私に、明確な答えなど無かった。起業家になって産業革命を起こす。学者になって大発見をする。宇宙飛行士になって火星に上陸する。成し遂げることは何でもよかった。ただ、私が消えて無くなっても、私のことを誰も忘れないような人生を作りたかった。

無限大の夢と満ち溢れる自信。そんな九歳だった。

「あった――――!!」

十二歳の私は、合格者掲示板を見上げながら飛び跳ねていた。今までの記憶の波に襲われて、私の涙は止まらなかった。この中学の文化祭で初めて校舎に足を踏み入れた瞬間に夢と希望に満ちた空気に魅了されたあの日。毎日東京まで一時間電車に揺られて塾へ行き、時には泣いて時にはやめたくなって、それでも血豆を作り受験勉強をした日々。受験直前にインフルエンザにかかり、絶望に打ちひしがれてベッドで過ごした最後の三日間。そして病人用別室受験で遂げた、この奇跡の合格。

言うことだけは大きいただの夢見る少女が、生まれて初めて自分を少しばかり証明した歳。そんな十二歳だった。

「ねえお母さん、学校やめたい」

これは十三歳、憧れの中学校に通い始めて二年目の私の口から出た言葉だ。この時の母の仰天ぶりを、私は今でも覚えている。

「アメリカの高校に行きたいの。あっちでは十四歳から高校生なんだって。一年後に一人でアメリカに行かせてほしい」

私は次にそう続けた。当時の中学も学びと友達の溢れる素晴らしい場所だった。でも、何かが足りなかった。私は逃げ出したいのではなく、飛び出したかった。そして調べて調べて辿り着いたのがアメリカの高校、学びを自分で選び、自分で造る場所。学校が決めた時間割通りに動き、先生に言われた通りに勉強し、大学受験まで機械のように数国理社を脳に叩き込む。そんな生き方への疑問を、私は拭えなかった。

幼いながらも自分の夢に必要なものを見いだし、沢山考えて決断を下した歳。そんな十三歳だった。

そして十四歳、私は未練も後悔も全く無く学校に退学届を提出し、日本を去った。

「現在世界中で新型ウイルスの感染拡大が相次いでいます」

ネットに溢れる、映画の出来事のようなニュース。

「こんな時に親元を離れて留学なんて心配だから、日本に戻って高校に入りなさい」

私の胸をぎゅっと握り潰した電話越しの母の言葉。渡米してから半年、私は夢へと続く完璧な道筋を築き、駆けていた。ここで高校四年間をどう使うか設計し、友達も沢山作り、アメリカの難関大学に行くという新たな目標も立てた。パンデミックが起きたのはそんな時だった。私の決意、努力、全てが崩れ落ちていく音がした。今までどんなに不可能に思えることも努力で乗り越えていた私が直面した、努力ではどうにもできない断崖。私は生まれて初めて自信も希望も皆無となり、たった半年で留学を中断した。

経験したことのなかった挫折に、先が見えない暗闇。そんな十五歳だった。

「チームA、全国大会進出です！」

私たちのチームに告げられた勝利。私は英語ディベートの県大会に出ていた。帰国後初めは虚無感に襲われ何も出来なかった私も、数週間も経てば「なぜこうなってしまったのか」ではなく「こうなってしまった今何が出来るか」を考えるようになった。そして見つけて始めた英語ディベート。帰国子女に囲まれ、アメリカで聞いていたよりも速い英語で難しい議論をする。たった半年留学を経験しただけでディベートも初心者な私は、仲間、ライバルに追いつこうとがむしゃらに練習をした。そして始めてたったの四か月で県大会優勝、さらに進出した全国大会で四位まで達成してしまった。この時はもう無力の私から、いつもの私に戻っていた。人一倍の情熱と努力で何でも成し遂げる。その信念はどこにいようと何があろうと曲げられないのだと気付いた。

日本の高校に引き戻され、全て振り出しに戻ったように感じた歳。しかしその挫折をバネに新しい挑戦をした歳。逆境になんて負けない。そんな十六歳だった。


「踏み出します。世界を変える第一歩」

いつぶりに言っただろうか。歳を重ねるにつれて、「世界を変える」なんて漠然とした夢を口にすることは無くなっていた。しかし十七歳の私は、小学生の時に宣言したこの目標へ前進しようとしていた。帰国から一年半、私はついに両親を説得し再渡米した。この第一歩を踏み出したのはその頃だ。私は高校生にして、NPO法人を立ち上げた。沢山のものを諦めて帰国しなければならなかったあの時の悔しさを私は忘れられなかった。英語ディベートに必死にすがりついてなんとか「今」の意義を見いだし、一生懸命生きた一年半。常にチャンスに溢れていた人生の中で体験したことの無かったこの挫折は、私に衝撃を与えた。以前は自分の挑戦と努力ばかりを誇りに思って、自分がそもそもなぜ挑戦できているのかなど考えたこともなかった。恵まれた環境を当たり前だと思っていた自分を恥じた。なので今度は独りよがりに走り続けるのではなく、世界中のみんなにチャンスを散りばめるために走りたいと決めた。そこで私が見つけた、今日本人高校留学生としてできること、それは、日本にいながら海外に目を向けるきっかけとなる体験を日本の学校に直接届けることだった。仲間を集め、色々な小中学校に連絡し、情熱を伝え、多くの出張授業を実現させた。オンラインや一時帰国中の直接訪問で沢山の生徒と交わった。彼らの視野を広げ、何かしらの未来に繋げてもらえるように、私が留学で経験した文化、学び、喜び、困難、全てを共有した。歳が近い留学生の私と友達のように話して聞いて見るこの新鮮な体験が誰かにとって刺激となり、新しい何かに繋がってくることを願って、私は走り回った。

「海外には今まで興味がなかったけれど、これから目を向けてみようと思いました」

「想像以上に面白いことで溢れるこの世界をもっともっと知りたいと思いました」

「先生のように沢山挑戦する人生を送れるよう頑張りたいです」

授業後に生徒からもらう沢山の言葉は、いつしか私の生きる意味になっていた。自分に少しずつ未来を明るくする種まきが出来ていることを実感した。そんな十七歳だった。

そして私は今、十八歳。今もNPO活動で多くの生徒にメッセージを届け続け、加えて様々な新しいことも始めている。私の挑戦は止まらない。そしていつか、世界を変える。

どんな十八歳にしよう?

どんな十九歳にしよう?

どんな人生にしよう?

私はまだ十八歳。

これから死ぬまでがむしゃらに、ずっとずっと新しいものを作り、届け、経験する。そんな毎日を送り続けたい。

再会、そして

松川　さち

兄さん、あなたは六年前に八十歳で旅立ちました。兄妹なのに一緒の暮らしは私が六歳のときまで。再会は四十三年後でしたね。

昭和三十年、あなたは「単独青年移民」として十九歳でブラジルへ。当時は戦後の就職難時代とか。職に就けないまま北信州の山あいの二十戸ほどの村落で、父母や兄弟たちと傾斜地の畑を耕して過ごす日々。

嫁いだ長姉を除き、家には両親と長兄と次姉とあなた、そして五人の弟妹がいて私は末妹でした。十人家族の暮らしは食べ抜くのがやっと、と聞いています。

平成十年秋。六十二歳のあなたは日系二世の妻と一ヶ月の一時帰国。引き締まった長身に半白の髪。日焼けした面長な顔。お義姉さんは小柄でスリム。ショートヘアに凛とした眼差。空港に降り立ったとき、あなたは右手を上げて、やぁ、と笑顔。お義姉さんは、

「初めまして、こんにちは皆さん」

澄んだ声で言いました。

空港から長兄家族が住む故郷の生家へ。翌日は家近くの墓地へ。父母の墓前で目を閉じてひととき合掌しましたね。墓地周辺の畑を見回し、木々や艶《つや》やかな柿の実を感慨深げに仰ぎ見るあなたでした。

生家で十日程くつろいでから姉妹の家々を訪問。我が家で語り合ったとき、

「なぜブラジルへ？」

と聞いた私に、

「次男は家にいられないからね。母の大反対を押し切って」

自身に頷くように言いました。他県に行くことさえ無に近く、行動エリアは周辺市町村程度。移民地情報を得るすべも持たない者がたまたま農業協同組合を通した募集パンフに目を。居場所探しに苦慮中だったあなたの瞼にはパンフが語る光景……青々の大地や光の射し込む未来が映ったのでしょうね。未知への不安も恐れも母の悲痛な声も、胸の片隅に押しやるほどの力を持って……。

でも、常夏の国は、

「労働時間の決まりは無くてね、日の出から日没までが仕事さ。賃金は現地人以下。青年移民の夜逃げや神経症、傷害や自死が日本語新聞によく載ったよ」

重みがにじむ声。家族移民ではない独り青年たちの挫折、苦悩……思わず横顔を見て「兄さんも追い詰められたときが？」こぼれそうな問いを飲み込みました。

滞在を終えて兄さんたちが日本を去ってからです。青年移民について知りたくて「募集要項」を探しました。自身を振り返ると、再会するまで、幼少期のあなたとの思い出さえ霞がかった幻のよう。その後の別れの年月も暮らしに追われて過ぎて、移民知識に乏し過ぎました。

募集パンフは「コチア青年募集」と表示。当時、仕事に就けないまま暮らす農家の次男や三男の救済を考えた国策で、中南米最大の日系農業組合だった「コチア産業組合」とブラジル政府、日本政府提携の移住プロジェクトだったのですね。「コチア青年」という名称の理由も分かりました。

募集要項の資格条件や義務には、

「未婚の男子で現在農業に従事している農家の二、三男。疾患を有せず身体剛健にして農事労働に耐え得る者。雇い主の命じる労働に最低四ヵ年就働しなければならない。ブラジルに永住の目的で渡航すること。渡航費は貸し付けることとし、年利五分五厘一年据置五ヵ年均等年賦により償還するものとする」

そのほか複数の事項が記載。

質問文には、

「ブラジルの農業は日本よりきつい労働かもしれないが、アチラの日本人やブラジル人に負けないだけの仕事が体力的にできる自信がありますか。農家は、いまだ電灯のない家が多く、文化程度も低いかもしれないが我慢しますか。土地が広いので隣が遠く、町も遠いのでめったに町に出ることも無ければ隣同士の交際も日本のようにはできない……」

など、十六の文。

要項からプロジェクトの背景や細部が浮き立って見えます。日本側には貧困や失業の救済であり農村青年の人口調整策。相手国には若い労働力を安いコストで得る手立て。人手不足の解消。

ブラジルの歴史に目をやると十五世紀にポルトガルが植民地化を。当初はインディオを奴隷にして使い、次いでアフリカからの百七十万人以上の黒人奴隷を駆使。十九世紀半ば過ぎに奴隷制度が廃止されるとヨーロッパから労働力を得る。が過酷な労働環境や低賃金が国家間で問題になり受け入れ停止。

新たな労働力として二十世紀初期、明治四十一年から日本人の家族移民を迎え入れる。単独青年の移民は昭和三十年に始まり四十二年まで。十二年間で農村青年が約二千五百人、海を渡ったのですね。

募集文の資格や義務、生活の営みは再会で耳にした兄さんの話にリンクして暗い迷路を歩く思いになりました。命の維持に不可欠な衣食住さえ自国で得難い現実。個では抗し難い自国や移住先の在り方や政治。

　兄さんの就働地はサンパウロ市から汽車で十六時間の農場で主作物は綿や落花生やトウモロコシなど。食事の変化、気候への不慣れ、ともに働く二十人ほどの現地人との言葉の不便。新たな生活はそこから始まったのですね。

　就働期間を終えると、土地を買い自営農になるか、借地農になり収益を地主と半々にするかの選択をする。けれど、日本の約二町五反ほどにあたる最小の畑でも、土地購入費は、最初から給料を全く使わず七年間かかる額。あなたは未来を危惧せずにいられなかった、と後年聞きました。

　移住して十一年目。初めて手にした家は隣家も見届けにくい広野にポツン。十年近く住人なしだった木造りの家。朽ちた屋根に瞬く星が見える家。壊れた箇所は自力でコツコツ修理。井戸掘りもして水を確保。車も無く歩いて町へ行き、背負って帰る。大変だったなあ、とひとこと言いましたね。ランプが電灯に変わった喜びは昭和四十七年でした。

　大きな幸せは、お義姉さんに出会って日々を紡ぎ四人の子を授かったことでしょうか。四年間の就働を終えたばかり。所持金はわずかで家も土地も無い。将来も覚束ない、頼れる親族もいない。無い無い尽くしの兄さんに二十歳の彼女は何を感じ、何を汲み取り、寄り添ってくれたのでしょう。自身は戦前移民の両親を持ち生活も安定。より確かなパートナー選びができたはずなのに。

そうそう、初対面の日はほころびも小穴もあるTシャツ姿だったとか。お義姉さんは笑いながら話し、兄さんは、

「買いに行く暇がなかったんだよ」

アハハハと声を上げて笑いました。

それからね、とお義姉さん。

「結婚式の翌日にご飯を炊こうとしたらお米が無いの。お米が買える町は二十三キロ先で簡単に歩いて行ける距離じゃないのに」

「そのことは一生言われそうだなあ」

またも兄さん、カラカラ笑っていましたね。

そしてお米無しの理由は、ごく簡素な結婚式を、の予定がそれでは済まず、資金を使い尽くしてしまい買えなかったのだ、と種明かしもしてくれました。

苦楽も、多くのつまずきも味わった移民生活六十年。農場仕事に始まり、養鶏や野菜作りや果樹栽培などに力を尽くし、一九八〇年代のインフレでは銀行に鶏舎を押さえられもした。

終生、ゆとりのお金とは無縁だったけれど、ブラジルの人々と交わり、晩年十年はアルパレス・マチャード市の約百五十家族で構成する「日本人会」の会長も務め、皆さんと思いや喜怒を分かち合いましたね。

今は彼方にいるあなたに「兄さん、自身の意思を貫き通した人生に納得してるでしょ」
と言い、声無き声に耳をそばだてる私です。

君、死に給ひて

溝口　尚志

配偶者と死に別れて単身でいる身を「没一《ぼついち》」と言うらしい。何とも卑俗な言い方である。言い知れぬ哀惜を抱えながら残された身を心細く生きている身への畏敬も何も窺えない。私もその身なので、この言葉を言い出した輩に出会ったら、ちょっとド突いてやろうかと思う。

妻が天に召されたのは、２０１１年12月30日午後5時52分。55年の生涯だった。私は３つ下の52才。予期していたものの呆然とした。これからどうやって生きていくのか、否、生きていけるのか。妻も私もまだまだ人生これからではなかったのか。たった今遺骸となったばかりの妻の顔を見ると、現実なのかどうかさえ訝しく思った。茫漠とした淀んだ空気の塊の内に閉じ込められたような気もした。そして、妻なくして生きていくこれからの私の人生に、得体の知れぬ恐怖感さえ感じていた。

私達は子どもに恵まれなかったので、２人でよく話をした。宗教を語ることもあった。私は、真宗の大学を出た縁で親鸞聖人の言葉やお念仏の心を大切に生きてきたし、妻は、ミッション系の女子大出身なのでキリスト教を信奉し、洗礼まで受けた。互いの宗教は違っても、話はよく合った。ものの見方や価値観が不思議と一緒だった。テレビなどで世事に触れると、意図せずに同じ感想を同時に口にし、「気が合うねぇ」と微笑み合うことも一度や二度ではなかった。「どうして同じこと言うかな」「同じものを食べているから脳みその成分が一緒なんだよ」と軽口を交わした。そんな時間が何物にも代えがたく楽しかった。何よりもそういう時間が夫婦の宝物であったような気がする。反面、当然ながら意見が違うことも日常茶飯である。ただ、喧嘩はあまりなかった。お互い社会福祉士で、対人援助職のスキルを持ち合わせていたこともあるが、相手の気持ちになって話を聞くことが前提にあったからだろうか。それでも意見が違うことは違うのであるから、自分の意見を「正」とするなら、相手は「反」。そして昇華して「合」のへーゲル哲学よろしく、折り合いを付けていくのであった。夫婦というものは折角連れ添うのだから、二人で折り合い、高め合っていく人間関係でなかったらもったいない。互いが甘えるために夫婦という関係があるのではない。最近はここのところを勘違いしている夫婦も多いようで、至極残念である。もっとも、私たちの場合、子どもがいなかったので気楽な面もあったとは思うが。ただ、子どもという〝媒介〟がないぶん、自分がそれぞれ剝き出しになるので、その面でのしんどさはあったと思う。
そんな私達の夫婦の生活での、互いの「思いの宛先」が失われたのである。ある哲学者が、伴侶を亡くすということはそういうことと言及しているが、その否応のない現実への所在なさ、苛立たしさは、その境遇に身を置いた者にしか解らないであろうと思う。よく、友人・知人などの慰めの言葉として、「○○の分まで生きて」などという常套句があるが、やはり実に空疎である。私は、残された人生を妻の分まで生きるなんて爪の先ほども思わない。私に限らず、人間にはそんなことはできない。時の長さ短さに関係なく、亡くなった人に与えられた人生は、その人の人生としてその意思にかかわらず全うしているのだから。ただ、妻が最期の入院の前にぽつりと呟いたことがある。「そりゃあ、私だってあと5年や10年は生きたいわよ」。妻が生きられなかった高年齢期。幸いに私は妻より年下なので、どこまでかは分からぬがその年齢をすべて生きることができる。それは妻から託された年齢とでも言おうか。

私は、妻との死別後しばらくして、順調だった職場を辞めた。これも世間では、男の場合仕事は辞めてはならぬと言い慣《なら》わされているらしい。しかし、定年まであと10年弱だったが、このまま仕事を続けて定年を迎えた時、途中で妻との死別もあったなと、そんな風にこの死別という現実を回顧するのは嫌だった。仕事が主で、妻という存在が従ではない。

私の職業人生の単なる1つのエピソードにしたくはなかった。間違いなく人生の転機だった。「この辞職が良いことなのか失敗なのかは判りません。ただ、ここで辞職しなかったらそのことこそ一生の後悔になります」。上司にそう告げて職を辞した。そして、非正規の仕事を2つ掛け持つ生活に入った。その1つが、後進の指導をと思って始めた社会福祉士養成校の講師の仕事である。実は、妻も生前、「それ、いい考え」と言っていたのだ。非常勤なので収入はたばこ銭程度にしかならないが、私の内には強い使命感と目的意識があった。多少身体を壊して福祉現場の仕事をやめた今でも、講師の仕事は続けている。それが、今の私の張り合いでもある。

日々の生活行為では、朝、妻の遺影に向かって必ず讃美歌を歌う。元々、キリスト教の福祉施設で知り合って結婚した仲なので、クリスチャンである妻だけでなく私も業務として讃美歌に触れており覚えている。妻を悼むことになればと思い、11年経った今でも欠かせぬ朝の習慣である。おそらく、私の人生が終わるまで続くであろう。

宗教に親しみ、宗教的な死の領解というものはあるのだが、現実にひとりになって私が直面したのは、生身の感情としてのどうしようもない寂しさである。とにかく居ないのだ。声も聞こえず、もちろん目にも見えず。どこにも居ない。何年経っても、いや、時が経つほど居ないことの重みはむしろ増してくるようだ。もはや、「正」―「反」―「合」で折り合って高め合っていくこともない。私の胸先三寸で生活が決まってしまう。それが頼りなく、最近私は、ひどく独善的になっている。妻がもし見ていたなら、多分、叱って、泣いて、嘆くであろう。私の後半生、こんなはずではなかったと考えるのはたやすいが、神仏に繋がる大いなるはたらきでは、おそらくこんなはずであったのだろうと思う。その大いなるはたらきの思いを、そのままに受け止め、私は私の人生を生き抜いたなら、あの世で妻と再び笑って語り合えるのかも知れない。結構、私は「再会」を信じている。

私の人生と母の愛

佃　秀夫

母が昭和五十一年二月、享年六十八歳であの世へ旅立った。奇しくも十三日の金曜日。あれから早や四十七年が経つ。

子宮癌が判明し、阪大微研病院でコバルト治療を受け、一旦は快癒した。しかし、二年後の夏に再発し、同病院で手術も困難との診断で、母の希望を容れ、故郷の山口県周防大島に戻り入院した。

正月休みに大阪から帰省し、輸血で体力を付けて外泊を許された母と、実家で僅かな時を過ごした。母は自宅に帰れて気分も良かったのか、その夜は食も進み、たまに笑顔を見せたりして、皆の会話も弾んだ。安眠できたのか翌日は朝から横にもならず、父や私と妻が、土間で慌ただしく立ち回っている暮れの餅つき風景を、綿入れを羽織って火鉢の傍に座り、ぼんやりと見守っていた。

二月に入り、父からの手紙で、母の病状があまり芳しくないことがわかり、終末が近いことを察知し、建国記念の日の祝日を利用して一人帰省した。

母を病室に見舞うと、日々の苦痛を訴えた。

「薬を飲むと吐き気がするんじゃにのう。そいじゃけえ食事が全然食べられへんのよ。点滴もよいよ好かんし、毎日が苦になるんよ。どうせ治らん病気じゃろう。もう早よう家に帰りたいんよ」

と口癖のように言って、父や私を困らせるので、私は「何を弱気なことを言うちょるんの。現代医学は進歩しちょるけえ、大丈夫じゃが。すぐに治るけえ、医者の言うことをよう聞いて、任せちょったら心配要らんがー」と言って、ただ励ますしかなかった。その夜は、病院でパイプ椅子に座って朝まで仮眠した。

私が、昭和三十一年、国家公務員として採用され、周防大島から広島へ旅立つ朝、二キロばかりあるバス停まで、まだ薄暗い田舎道を両親が歩いて送ってくれた時のことを思い出していた。駅に早く着き、始発までに時間の余裕があったので、傍にある村の神社へ私の人生の平安を祈るためだったのだろうか、両親が私を残して長い急な石段を並んで上がって行った。その後ろ姿を見たとき、親が子供を思う心・愛情は、本当に有難いものだと感激した。

そして、参拝から帰ってきて、バスを待つ間に、母から話があった。

「働くちゅうことは、傍の人を楽にしてあげることじゃけえね。自分勝手なことばっかし考えちょったらダメだよ。いつも人にいい感情を与えちょったら、必ず自分にもいいことが返ってくるけえ、心を磨きんさい。辛いことがあっても我慢し、辛抱して頑張りんさい」

また、次のようなことも話してくれた。

「日々、何事にも感謝しんさいよ。お蔭様の心を常に忘れなさんな、いいね」、「人に嫌な顔をしないこと。人の気持ちを察してあげ、いつもいい感情を与えること」、「やればできると、前向きに自信をもって、努力をすること。仕事を立派にするには、まず健康第一じゃけえね！」

と諭し励ましてくれたことを思い出していた。この旅立ちの朝の印象的な情景は、私の人生にとって、忘れることのできない心の支えとして、今も大事に抱き続けている。

病室で夜を過ごしていると、母の慈しみが懐かしく、いろいろと思い出していた。窓の気配が薄明るくなってきた。まだまだ母の子供として、いつまでも傍に居させて下さいと祈るような気持ちであったが、私は仕事があり、大阪へ帰らなければならない。貴重な時間はあっという間に過ぎてしまった。

ベッドに横たわっている母の枕元の鉄製パイプが灰色であったのが、なぜか冷たく侘しく感じられた。左腕には点滴の針が差し込まれ、テープで固定されているのが痛々しかった。静まりかえっている病室では、支柱にぶら下げられた点滴用の大きな壜から、注射液がポタ、ポタと等間隔で細いチューブに滴っていた。

私は、帰りのあいさつをするため、母の右手を少し揺すり、そっと両手で包むようにして握った。母は点滴のせいか、やや熱があるのか幾分顔が紅潮していた。乱れたほつれ髪が額にかかり、青白い顔に深い皺と黒い老人斑がいくつもある。随分やつれているなあと眺めていると、とても寂しかった。

「また帰って来るけえねえ、元気を出さんといけんで。しっかり食べて、まだ寒いんじゃけえ、風邪を引かんようにしんさいよ……」

とただ励ます気持ちで、一言一言念を押すように、間をとりながら言って、私は辛い別れを惜しんだ。母は、僅かにうなずいたような表情をした。ただ小さな声で「はあ、はあ」としか言わなかったが、私の言葉を理解しているのは確かだと感じた。

その時の力ない母の細い手は、甲に弱々しい薄青い血管がかすかに浮いており、脂気のない肌のカサカサとした感触と、ほのかなぬくもりが伝わってきた。そのぬくもりは、母が私を慈しむ精一杯の親の愛情のように感じられた。いつ迄もその場で母との絆をかみ締めていたい気持ちになって、暫く母の手をそのまま両手で握り続けていた。今も忘れない。

あのほのかな手のぬくもりを。それが最後の別れとなった。手も動かせなくなった母は、ただ、私の顔をジッと見つめていた。この光景は鮮明に思い浮かぶ。

私が帰阪して二日後の二月十三日（金）早暁、母は永眠した。

ありがとう！　私の人生は、子供のころからただただ母の愛情を受けたお蔭である。心優しい母親だった。鮮明に記憶している。

消えた弾

富登　千恵子

かくれんぼしている。

「もういいかい」、も「もういいよ」も言わなくても三〇〇数えたら、探してよい決まり。誰が決めたか「ヒンミヤコトウ」で十「ヒンミヤコニジュウ」で二十、……「ヒンミヤコ一〇〇」で指を一本折る。「ヒンミヤコ二〇〇」で指を二本「ヒンミヤコ三〇〇」で指三本折って完了。探し始める。ずいぶん小さい時から、かくれんぼごっこはしていたようだ。

父を初めて知ったのは、まだ五歳に満たないころだった。

それまで父の姿は記憶の中になかったのだ。父に二度目の赤紙が来たのは昭和十一年。その時、すでに母は病んでおり、弟はまだ生まれていなかった。父は出征と同時に日中戦争の最前線へ派兵され傷痍した。翌昭和十二年九月、野戦病院から送還されたばかりの体で、母の葬儀に遅れて帰った父は、杖に縋って立っているのも辛そうだった。

「あの人がお父ぞ」叔母がおしえてくれたが、白ずくめの姿は幽界と重なって恐ろしかった。

曾祖母と祖母、十歳に満たない長兄をかしらに四人の子供を遺して逝った母も死に切れなかったことだろう。私は会葬の人々のすすり泣きを不思議な思いで見ていた。昭和のテレビに出てくるような長い葬列だった。野辺送りが済むと父の姿はもうなかった。

父がいつごろ復員したか記憶にない。農作業のできない父は私を相手によく軍隊の話をした。「うんそれから」と私は聞き上手？　父の話は新鮮で面白かった。

入隊早々に新兵さんの家族が面会に来て、内規に反するものを置いて帰った。その後、検閲があり、新兵さんに泣きつかれたので預かって松の木に隠して新兵さんは難を逃れたことや、俳句を作ったら、みな川柳になったこと。川柳って面白おかしく作るんだと、この時、なんとなしに思ったものだ。「五月雨や黒塀をこえて三味のいろ」音でなく色にしたのはよく出来たと褒められたと言った。私は父の作ったという俳句をノートにしたためておいた。

小学生のころ、父によく背中を叩かされた。叩き始めると際限がなく「もうよい」とは言わない。そこで三〇〇回と、約束して叩き始める。

「ヒ一、ン二、ミ三、ヤ八、コ九、トウ一〇」と数えると、七つ数えたことになる。「ヒンミャコ」は方言で飛び算である。早く解放されたい一心で叩く手と数はチグハグであったが、兎に角、三〇〇回を数えることに集中した。

「ヒンミヤコ三〇〇」を数え終えたら、素早くその場を去る。逃げ遅れると今度は「背中を踏め」と言う。仕方なく父の背中に乗る。瘦せ細った身体は骨ばって立つことが不安定な背中だった。ふと、見下ろす父の首筋に白い傷跡が見える。

「この傷はどうしたん？」

「撃たれたんじゃ。まだ弾が体に二発残っとる。今、命があるのは、ばあちゃんのお陰じゃ」

「それって、どういうこと？」

「ばあちゃんが、野戦に備えて持っとれと、乾燥した鰹節を持たせてくれた。それを左の胸ポケットに入れとったら、鰹節が弾を受けてくれて命拾いしたんだ」

聞くところによると、鰹節は世界一硬い食品であるという。祖母にその知識があったのかどうかは定かでない。これは天の配慮であったのかも知れない。

年少の私は、戦争の惨状を想像することなどできず、ただ面白がって戦場の様子を聞きたがった。父は嫌がりもせず、生と死を分けた様子を人ごとのように淡々と話した。

「中支で戦闘中に敵の機銃掃射を浴び、弾が何発も当たって倒れた。倒れた時はこれまでだ。ここで死ぬんだと心を決めて『天皇陛下、万歳』と、叫んだまでは覚えている」

「すごい。兵隊さんはみんな『天皇陛下、万歳』と言って死んでいったんだ」

戦時中の教育がしっかり体に染み込んでいた私は、敵弾を受けながら「天皇、万歳」と叫んだという父の姿を想像して、胸が熱くなり、父を誇らしく思った。

「けんどなあ、その後、担架に乗せられて壕へ避難しているときに再び掃射を浴びた。そしたら、担架を運んでいた戦友は、担架を投げ捨て、蜘蛛の子を散らすように自分たちだけ壕へ逃げ込んだ。それを死にかけの朦朧とした目で見て『わしも運んでくれ、生きたい。死にたくない』と心から思った。わしを置いて逃げた連中も、自分は助かりたい。生きたいと思ったのだ。『天皇、万歳』と言うのは建前で本音はみんな『生きたい』、自分は助かりたかったんじゃ。それがようわかったわ」

　軍歌が好きで兵隊さんは勇ましいものと聞かされ、信じて育った「軍国少女」の私には父の言葉は心に響かなかった。

「天皇、万歳」のこの話は兄も弟も聞いていない。父は私にだけ話している。父を豪放磊落と人はいうが、どこか飄々とした半面を持っていた。表裏一体、それは父の生きる知恵だったのかも知れない。

　何年かして健康を取り戻した父は、農地解放で失った土地を補おうと開墾に精をだし、蜜柑を植え炭を焼き、貧しいながらも家族は寄り添い平穏に暮らしていた。

　が、実際は妻に先立たれ、妻の死に目にも会えずその後は、家中の反対で意中の人との再婚も叶わなかった父の苦悩を知ったのは、ずっと後になってのことだった。

己のさだめを諦観するまでの父は農繁期は野良にでて働いていたが、農閑期はほとんど野良仕事をせず夏は川、冬は鉄砲担いで猪狩りをしていた。その代わり祖母が野良仕事の陣頭指揮をしていた。不思議だったが、今にして思えばあのころ父は、やる気をなくして、何もかも、どうでもよかったのだ。私はその時期、父に強い反感を抱いていた。ところが、ある秋の日のこと。村に一頭しかいない雄牛が暴れ、大勢の男たちが追いかけていた時、父は暴れる牛の前に大手を広げて立った。牛は静かになり、父に引かれて牛舎へすごすごと戻った。それを目の当たりにして父に対する不尊の溝は埋まった。

「やっぱり私の父さんだ」

成人した私は大阪で働いていた。自分のしこ名を持つほど相撲の好きな父は、大阪場所を見に来阪した。しかし、相撲も見ず馳走してくれ、一泊しただけだった。本当は相撲見物を口実に私の様子を見に来たのであろう。翌日、父は天保山から船で帰郷した。父を乗せたあきつ丸は大きく旋回した。反対側に回って父はまだ立っていた。

「ボーッ」と汽笛を残して船は岸壁を離れた。だんだん小さくなってゆく父の姿は胸の襞にしみてゆく。これが元気な父を見た最後になった。二ヶ月後、脳軟化症で倒れ、さらに三年を経て五十九年の波乱の人生に幕を下ろした。

父を荼毘《だび》に付したあと、父と生涯を共にした二つの弾を捜したが見つからなかった。

「弾はもう灰になったんじゃ」

兄の声にうなずきながら、頷けないものが込み上げる。父に問うていた。戦争で生死の境をさまよい生還したあと幸せだったのか。「生きたい」と思ったあの時の父の思いは、その後の人生で生かされたのか？　父は何も答えない。「父さんあなたは強かった」賛辞と感謝は父に届いた気がした。

私は今、逝った父の年齢より三十余年も長く生きている。あの世で父に会ったら、「弾は消えてなかったよ？」と話しかけよう。

人生十人十色 6

2024年 4 月30日　初版第 1 刷発行

編　者　「人生十人十色 6 」発刊委員会
発行者　瓜谷 綱延
発行所　株式会社文芸社
　　　　〒160-0022 東京都新宿区新宿1－10－1
　　　　　　　　　電話 03-5369-3060（代表）
　　　　　　　　　　　 03-5369-2299（販売）

印刷所　株式会社晃陽社

ISBN978-4-286-25376-3

料金受取人払郵便

新宿局承認

2525

差出有効期間
2025年3月
31日まで
(切手不要)

郵便はがき

160-8791

141

東京都新宿区新宿1－10－1

(株)文芸社

愛読者カード係 行

ふりがな お名前		明治 大正 昭和 平成 年生 歳	
ふりがな ご住所	□□□-□□□□		性別 男・女
お電話 番 号	(書籍ご注文の際に必要です)	ご職業	
E-mail			

ご購読雑誌(複数可)	ご購読新聞 新聞

最近読んでおもしろかった本や今後、とりあげてほしいテーマをお教えください。

ご自分の研究成果や経験、お考え等を出版してみたいというお気持ちはありますか。

ある　　ない　　内容・テーマ(　　　　　　　　)

現在完成した作品をお持ちですか。

ある　　ない　　ジャンル・原稿量(　　　　　　　　)

書名			
お買上書店	都道府県　　市区郡	書店名	書店
		ご購入日	年　月　日

本書をどこでお知りになりましたか?

1.書店店頭　2.知人にすすめられて　3.インターネット(サイト名　　)

4.DMハガキ　5.広告、記事を見て(新聞、雑誌名　　)

上の質問に関連して、ご購入の決め手となったのは?

1.タイトル　2.著者　3.内容　4.カバーデザイン　5.帯

その他ご自由にお書きください。

(　　)

本書についてのご意見、ご感想をお聞かせください。

①内容について

②カバー、タイトル、帯について

弊社Webサイトからもご意見、ご感想をお寄せいただけます。

ご協力ありがとうございました。

※お寄せいただいたご意見、ご感想は新聞広告等で匿名にて使わせていただくことがあります。

※お客様の個人情報は、小社からの連絡のみに使用します。社外に提供することは一切ありません。

■書籍のご注文は、お近くの書店または、ブックサービス(0120-29-9625)、セブンネットショッピング(http://7net.omni7.jp/)にお申し込み下さい。

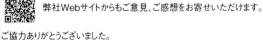